JN197734

△沖野岩三郎先生著▽

□富本憲吉先生裝幀□

最新刊

熊《くま》野《の》詣《まゐ》り

少年少女小説 おとぎばなし

四六版百九十九頁

「熊《くま》と猪《ゐのしゝ》」といふ大《たい》へん面白《おもしろ》いお話《はなし》を本誌《ほんし》へ書《か》い
沖野《おきの》先生《せんせい》の、面白《おもしろ》い〳〵お話《はなし》を十六篇《へん》、あつ
たものです。是非《ぜひ》皆《みな》さんに讀《よ》んで、戴《いただ》きたう
ございます。「定價《ていか》は金《きん》壹圓《ゑん》」「郵税《ゆうせい》」は「六錢《せん》」です。
して「振替番號は東京五五參番」でございます

■發賣元■
東京、京橋、尾張町
振替東京五五參番
電話新橋一五八七番
警醒社書店

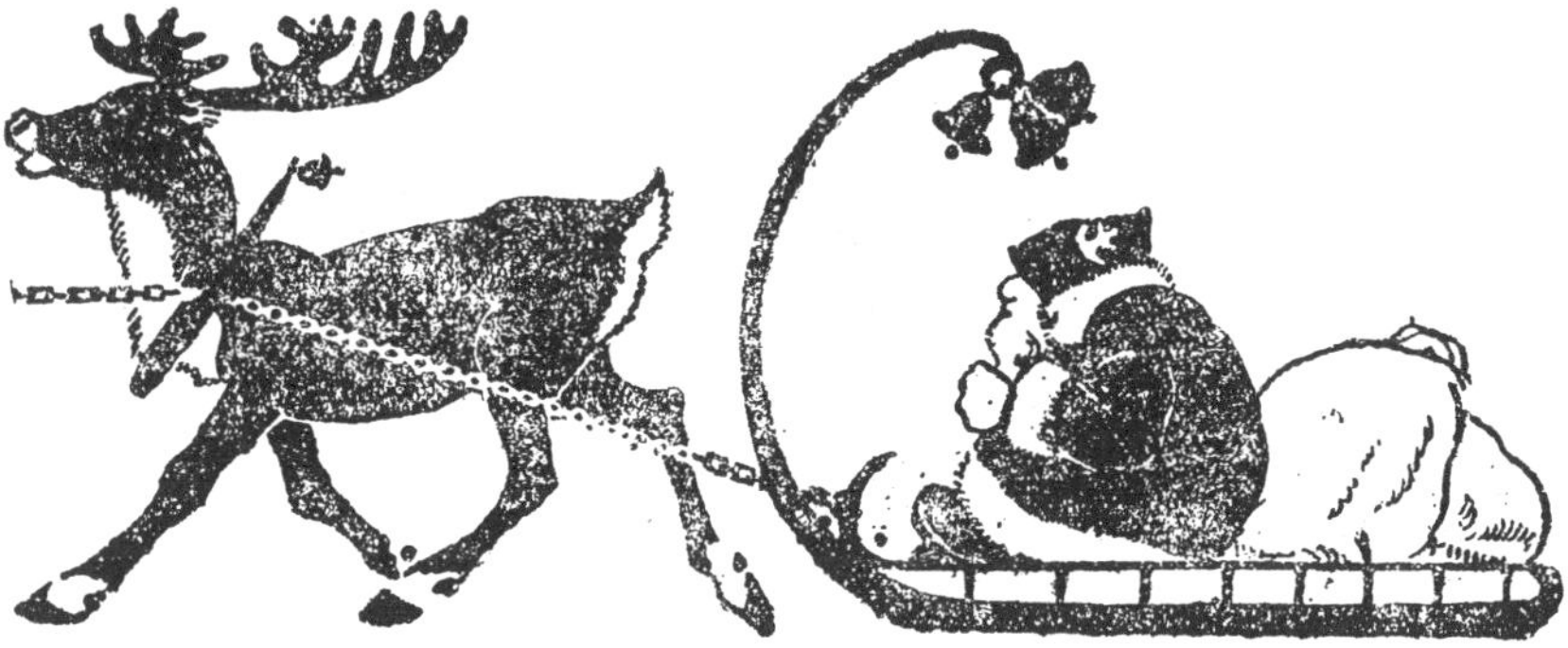

「金《きん》の船《ふね》」第一巻第二號

クリスマスの前夜《せんや》

クリスマスの前夜《せんや》でありました。アンナさんは、雪《ゆき》が眞白《まつしろ》に積《つも》つて、お月樣《つきさま》の光《ひかり》で、キラ〳〵輝《かゞや》いてゐる外《そと》をながめながら、嬉《うれ》しさうにいひました。

『まあ、きれいなこと、サンタクロースのお爺《ぢい》さんが、いらつしるやうな晩《ばん》だわ。』

「サンタクロースの贈物」第三三頁

こほろぎの歌《うた》(「金の船」曲譜その二)

作曲　中山晋平
作歌　長田秀雄

こほろぎ、こほろぎ、こほろぎよ、
わたしは弱《よわ》いこほろぎよ、
斧《をの》もなければ牙《きば》もない。

こほろぎ、こほろぎ、こほろぎよ、
わたしは弱《よわ》いこほろぎよ、
爪《つめ》も鋏《はさみ》も持《も》ちませぬ。

こほろぎ、こほろぎ、こほろぎよ、
わたしは弱《よわ》いこほろぎよ、
何時《いつ》も淋《さび》しく泣《な》くばかり。

こほろぎ、こほろぎ、こほろぎよ、
わたしは弱《よわ》いこほろぎよ、
唄《うた》をうたつて日をくらす。

こほろぎ、こほろぎ、こほろぎよ、
わたしは弱《よわ》いこほろぎよ、
友《とも》をたづねて泣《な》きまする。

(五十二頁「お月様のおはなし」より)

変ロ調 2/4
こほろぎ こほろぎ こほろぎよ
わたしはよはい こほろぎよ
をのもなければ きばもない

第一巻

金の船

第二号

雪《ゆき》降《ふ》りお婆《ばゞ》

野口雨情

泣《な》く兒《こ》は
歸《かへ》れ
雀《すゞめ》と 歸《かへ》れ

一《いつ》軒《けん》家《や》の脊《せ》戸《ど》に
雪《ゆき》五合《こんがふ》
降《ふ》つて來《き》た

山《やま》の 山《やま》の
奥《おく》の
『雪《ゆき》降《ふ》りお婆《ばゞ》』
一里《いちり》も 二里《にり》も
雪負《ゆきしよ》つて
飛《と》んで來《き》た

「雪降《ゆきふ》りお婆《ばゞ》」とは、蟲《むし》の名《な》です（方言《はうげん》）。この蟲《むし》が飛《と》んで來《き》ますと初雪《はつゆき》が降《ふ》る知《し》らせだと云《い》つて居《を》ります。糠雪《ぬかゆき》のやうに白《しろ》い小《ちひ》さな蟲《むし》で、東京《とうきやう》にも居《を》ります、多《おほ》く夕方《ゆふがた》飛《と》びます。

熊《くま》と猪《ゐのしし》

沖野岩三郎

一

紀州《きしう》の山奥《やまおく》に、佐次兵衛《さじべゑ》といふ炭焼《すみやき》がありました。五十の時《とき》、妻《かみ》さんに死《し》なれたので、たつた一人子《ひとりご》の京内《きやうない》を伴《つ》れて、山《やま》の奥《おく》の奥《おく》に行《い》つて、毎日《まいにち》々々木《き》を伐《き》つて、夫《そ》れを炭《すみ》に焼《や》いてゐました。或日《あるひ》の事《こと》京内《きやうない》は斯《こ》んな事《こと》を言《い》ひ出《だ》したのです。

『お父《とう》、俺《おりや》ア、もう斯《こ》んな山奥《やまおく》にゐるのは嫌《いや》だ。今日《けふ》から里《さと》へ帰《かへ》る。』

『そんな馬鹿《はか》を言《い》ふものぢやあ無《な》い。お前《まへ》が里《さと》へ出《で》て行《い》つた日《ひ》には、俺《おれ》は一人《ひとり》ぼつちになるぢやないか。』と言《い》つて佐次兵衛《さじべゑ》は京内《きやうない》を叱《しか》りました。

『お父《とう》は一人《ひとり》でも宜《い》いや、大人《おとな》だもの。俺《おりや》ア子供《こども》だから、里《さと》へ行《い》つて皆《みん》なと鬼《おに》ごつこをして遊《あそ》びたい。』

『そんな氣儘《きまゝ》を言《い》ふものぢや無《な》い。さ、お父《とう》と一緒《いつしよ》に木《き》を伐《き》りに行《い》かう。』佐次兵衞《さじべゑ》は京内《きやうない》の手《て》を取《と》つて、引張《ひつぱ》つて行《い》かうとしました。

『嫌《いや》だ、ヤだ！　お父《とう》は一人《ひとり》で行《い》け、俺《おれ》は里《さと》へ遊《あそ》びに行《い》く！』

と言《い》つて京内《きやうない》はドン〳〵と山路《やまぢ》を麓《ふもと》の方《はう》へ駈《か》けて行《ゆ》きました。

『おい、こりや、夫《そ》れは親不孝《おやふかう》といふものだぞ！』

『不孝《ふかう》でもコーコーでも宜《い》いや、里《さと》へ行《い》つて遊《あそ》ぶんだ。』

京内《きやうない》は一生懸命《いつしやうけんめい》に駈《か》け出《だ》したので、佐次兵衞《さじべゑ》も捨《す》てゝ置《お》けず、お辨當《べんたう》を背負《せお》うたまゝ、バタ〳〵と其《そ》の後《あと》を追《お》つかけました。

二

山《やま》の上《うへ》には、大《おほ》きな熊《くま》が木《き》の枝《えだ》に臥床《ねどこ》を作《つく》つて、其所《そこ》で可愛《かはい》い可愛《かはい》い黒《くろ》ちやん——人間《にんげん》なら赤《あか》ちやん——を育《そだ》てゝ居《ゐ》ました。

『さ、オツパイ！　オツパイ、お食《あが》り、賢《かしこ》いね黒《くろ》ちやん。』

熊《くま》のお母《つか》さんは黒《くろ》ちやんの頭《あたま》を舐《な》めてやりました。

『オツパイ、嫌《いや》よ。もつと〳〵旨《おい》しいもの頂戴《ちやうだい》な。』

『オツパイが一番《ばん》旨《おい》しいのよ。ね、駄々《だゝ》を捏《こ》ねないで、さ、お食《あが》り……』

『嫌《いや》だつて云《い》ふのに、乳頸《ちくび》を嚙《か》み切《き》つてやるぞ。』熊《くま》は黒《くろ》ちやんでも、なか〳〵惡口《わるくち》は達者《たつしや》と見《み》えます。

『アイタタ、まあひどいわ。母《かあ》ちやんの、お乳《ちゝ》からこんなに血《ち》が出《で》るぢやないの。』お母《つか》さんは、ちよいと睨《にら》む眞似《まね》をしました

『お乳《ちゝ》は嫌《いや》、もつと〳〵旨《おい》しいもの、頂戴《ちやうだい》。』

『そんな無理《むり》を、お言《いひ》で無《な》い。それは親不孝《おやふかう》といふものです。』

『不孝《ふかう》でも宜《い》いわ。もつと旨《おい》しいもの食《た》べさしてお呉《く》れ、え、お母《つか》さん。』

『仕様《しやう》が無《な》いね、此《こ》の子《こ》は、』とお母《つか》さんは暫《しばら》く考《かんが》へましたが、

『坊《ばう》やは何《なに》が好《す》き？　蟻《あり》？　栗《くり》？』と、たづねました。

『嫌《いや》だ〳〵、そんなもの皆《みん》な嫌《いや》だ、もつと〳〵甘《あま》くつて旨《おい》しいものが欲《ほ》しい……』と、黒《くろ》ちやんがいひました。

『困《こま》つた事《こと》を言《い》ふのね、あ、さう〳〵蟹《かに》……、蟹《かに》を食《た》べた事《こと》があつて？　あの赤《あか》アい爪《つめ》のある、そうれ横《よこ》に、ちよこ〳〵と

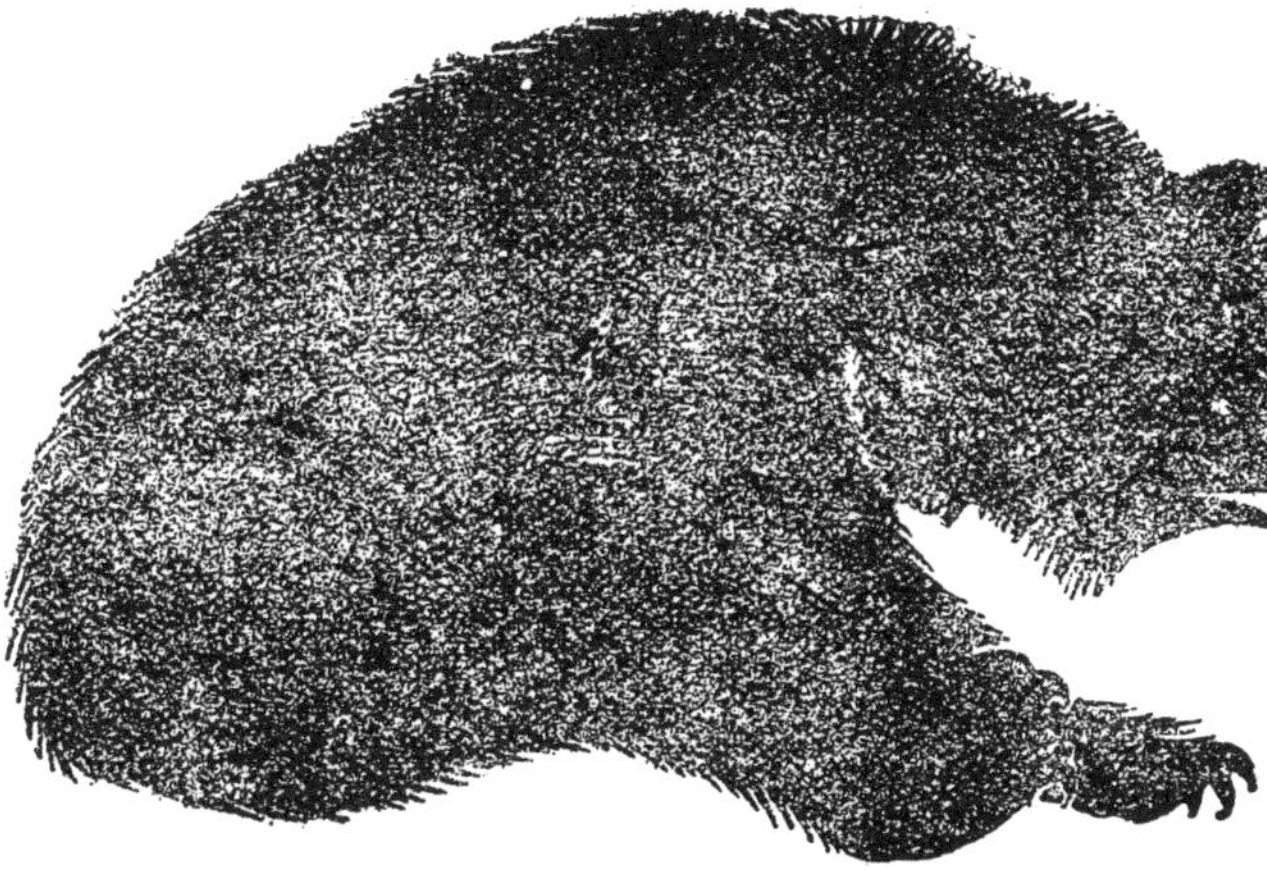

這《は》ふ……』と、お母《つか》さんが、また優《やさ》しくいひました。

『食《た》べた事《こと》が無《な》いの、夫《そ》れ旨《おい》しい、え、本當《たんたう》に旨《おい》しい……』

『えゝ〳〵、夫《そ》れは本當《ほんたう》に旨《おい》しいのよ、母《かあ》さんが谷川《たにがは》へ行《い》つて、うんと捕《と》つて來《き》てあげるから、此所《こゝ》で温順《おとな》しく待《ま》つておいで。』

『イヤ、イヤ、坊《ばう》も一緒《いつしよ》に行《い》く。一緒《いつしよ》に行《い》く。』と足摺《あしずり》をして黒《くろ》ちやんが、强請《ねだ》りました。

『此所《こゝ》に温順《おとな》しくしておいで、ね、賢《かしこ》い兒《こ》だから……』と言《い》つて、お母《つか》さんは黒《くろ》ちやんの背《せなか》を平手《ひらて》で優《やさ》しく叩《たゝ》いてやりました。

『嫌《いや》だ〳〵、一緒《いつしよ》に行《い》く。伴《つ》れてつて呉《く》れなければ耳《みゝ》を嚙《か》み切《き》つてやる！』と、黒《くろ》ちやんが泣《な》きながら言《い》ひました。

『アイタタ、何《なん》といふ亂暴《らんばう》な子《こ》だらう、此《こ》の子《こ》は。よし〳〵仕方《しかた》がない、伴《つ》れてつてあげよう。さ、そうつと降《お》りるんだよ。おつこちて怪我《けが》をしないやうに、』と、お母《かあ》さんがまた言《い》ひました。

三

また、丘《をか》の所《ところ》に大《おほ》きな猪《ゐのしゝ》が坊《ばう》やと一緒《いつしよ》に臥《ね》てゐました。お母《つかあ》

さんは、坊《ばう》やの脊《せなか》を叩《たゝ》きながら、『坊《ばう》や、もう段々《だん〴〵》お晝《ひる》になつて來《く》るから、寢《ね》んねするんだよ。昨晩《ゆふべ》は能《よ》く遊《あそ》んだね。狸《たぬき》を脅《おど》かしてやつたつて、夫《そ》りやあ偉《えら》かつたね、坊《ばう》やは小《ちい》さくても猪《ゐのしゝ》だから、狸位何《たぬきぐらゐなん》でも無《な》いね。』

猪《ゐのしゝ》のお母《つか》さんは、頻《しき》りに坊《ばう》やを臥《ね》かしてゐましたが、いつの間《ま》にか、うと〳〵眠《ねむ》つてしまひました。惡戯《いたづら》つ兒《こ》の坊《ばう》やはお母《つか》さんの眠《ねむ》つてゐる間《ま》に、そうつと、山《やま》を下《した》の方《はう》へ降《お》りて行《ゆ》きました。

『坊《ばう》や！　坊《ばう》や！』と眼《め》を覺《さま》したお母《つか》さんは、きよろ〳〵其所《そこ》らを見廻《みまは》しましたが、坊《ばう》やは何處《どこ》にも居《ゐ》ません。で、屹度谷《きつとたに》へ水遊《みづあそ》びに行《い》つたに違《ちが》ひないと思《おも》つて、矢《や》のやうに、山《やま》を下《した》へ〳〵と駈《か》け下《お》りました。けれども、坊《ばう》やは谷《たに》へは行《い》かないで、大《おほ》きな樫《かし》の木《き》の所《ところ》で

『やあい、お母《つかあ》さんは僕《ぼく》を知《し》らないのかつ。』と云《い》つて獨《ひと》りで嘲笑《あざわら》つてゐました。

四

熊《くま》の親子《おやこ》は谷川《たにかは》へ下《お》りて來《き》ました。

『此石《このいし》の下《した》には、屹度《きつと》蟹《かに》が居《ゐ》るよ、さ、お母《つか》さんが斯《か》うして、石《いし》を引起《ひきおこ》して居《ゐ》るから、坊《ばう》や、蟹《かに》を摑《つか》んでお捕《と》り……』

熊《くま》のお母《つか》さんは、ウンと力《ちから》を入《い》れて、平《ひら》たい五六十貫《くわん》もあるやうな石《いし》を、引起《ひきおこ》しました。すると爪《つめ》の赤《あか》い小《ちいさ》い蟹《かに》が六ッも七ッも、ちよこ〱と逃《に》げ出《だ》しました。

『あ、居《ゐ》る〱、澤山《たくさん》居《ゐ》る。』と黒《くろ》ちやんは夢中《むちう》になつて、蟹《かに》を捉《と》つてゐました。

所《ところ》へ山《やま》の上《うへ》から大《おほ》きな猪《ゐのしし》が、どん〲と走《はし》つて來《き》ましたが、谷《たに》の中《なか》でビチャ〱水音《みづおと》がするので、屹度《きつと》坊《ばう》やが居《ゐ》るのだと思《おも》つて、藪《やぶ》の中《なか》から大聲《おほごゑ》で、『おうい、お前《まへ》は何《ど》うしてこんな所《ところ》へ獨《ひと》りで來《き》た？』と呶鳴《どな》りながら、岩《いは》の所《ところ》からぬつと顏《かほ》を出《だ》しました。

熊《くま》のお母《つか》さんは、不意《ふい》に猪《ゐのしし》に呶鳴《どな》られたので、吃驚《びつくり》して思《おも》は

ず、引起《ひきおこ》して居《ゐ》た石《いし》から手《て》を離《はな》しました。

『きやあ！』と言《い》ふ聲《こゑ》がしたのに氣付《きつ》いて見《み》れば、可哀《かあい》さうに黒《くろ》ちやんは、大《おほ》きな石《いし》の下《した》になつて死《し》んでゐました。

さあ大變《たいへん》です。熊《くま》のお母《つかあ》さんは氣狂《きちがひ》の樣《やう》になつて、

『大事《だいじ》の〱黒《くろ》ちやんを殺《ころ》したのは貴樣《きさま》だぞ！ 覺《おぼ》えてゐろッ！』といひながら猪《ゐのしゝ》に向《むか》つて爪《つめ》を剝《む》き出《だ》しました。

猪《ゐのしゝ》は自分《じぶん》の子が死《し》んだのだと考《かんが》へ違《ちが》ひをして、

『貴樣《きさま》は大事《だいじ》の〱坊《ばう》やを、其石《そのいし》で壓《おさ》へ殺《ころ》したな。今《いま》に敵《かたき》を討《う》つてやるぞ！』と、叫《さけ》びながら、鋭《するど》い牙《きば》を剝《む》き出《だ》しました。

熊《くま》と猪《ゐのしゝ》は、かみ合《あ》ひました。そして、日《ひ》の暮《く》れまでもお互《たが》ひに爭《あらそ》つてゐました。

五

京内《きやうない》が里《さと》の茶店《ちやみせ》でお菓子《くわし》を買《か》つて貰《もら》つて、佐治兵衛《さぢべゑ》に伴《つ》れられて山小屋《やまごや》へ歸《かへ》つて來《き》たのは、其《そ》の翌日《よくじつ》でありました。

『さ、もう駄々《だゞ》をこねるんぢやないよ、お庇《かげ》で昨日今日《きのふけふ》は二《ふた》

人《り》とも遊《あそ》んで了《しま》つた。』と云《い》ながら、二人《ふたり》で谷川《たにがは》へ水汲《みづく》みに行《い》つて見《み》ると、これはまあ何《なん》といふ事《こと》です。大《おほ》きな猪《ゐのし、》と大《おほ》きな熊《くま》が、二疋共引掻《ひきともひつか》かれて、嚙切《かみき》られて、大怪我《おほけが》をして死《し》んで居《ゐ》るぢやありませんか。しかも二疋《ひき》とも大《おほ》きな石《いし》を腹《はら》の下《した》に抑《おさ》へて、頭《あたま》を並《なら》べて死《し》んでゐました。石《いし》の下《した》からは小《ちさ》い黒《くろ》い足《あし》が二寸《にすん》ばかり見《み》えてゐました。

佐次兵衛《さじべゑ》が猪《ゐのし、》と熊《くま》とを引除《ひきの》けて、石《いし》を引起《ひきおこ》した時《とき》、京内《きやうない》は可《か》愛《はい》い可愛《かはい》い熊《くま》の子《こ》が、赤《あか》い舌《した》を出《だ》して死《し》んでゐるのを見《み》まして、ポロポロ涙《なみだ》を流《なが》しました。

『なア、畜生《ちくしやう》でも……これは屹度《きつと》この小《ちさ》い熊《くま》の子《こ》の爲《ため》に親同《おやどう》志《し》が死《し》んだのらう……』と云《い》つてゐる時《とき》、藪《やぶ》の蔭《かげ》からコツ〳〵と小《ちさ》い猪《ゐのし、》の子《こ》が出《で》て來《き》てまた隱《かく》れて了《しま》ひました。

佐治兵衛《さぢべゑ》は此《こ》の三疋《さんびき》の獸《けだもの》を叮嚀《ていれい》にお葬式《さうしき》してやりました。

夫《そ》れから京内《きやうない》は大變孝行《たいへんかつく》な子供《こども》になつて、一生懸命《いつしやうけんめい》にお父《とう》さんと一緒《いつしよ》に働《はたら》いて名高《なだか》い炭燒《すみやき》になりました。今《いま》に木炭《もくたん》は紀州《きしう》の名高《なだか》い產物《さんぶつ》の一《ひと》つであります。

（をはり）

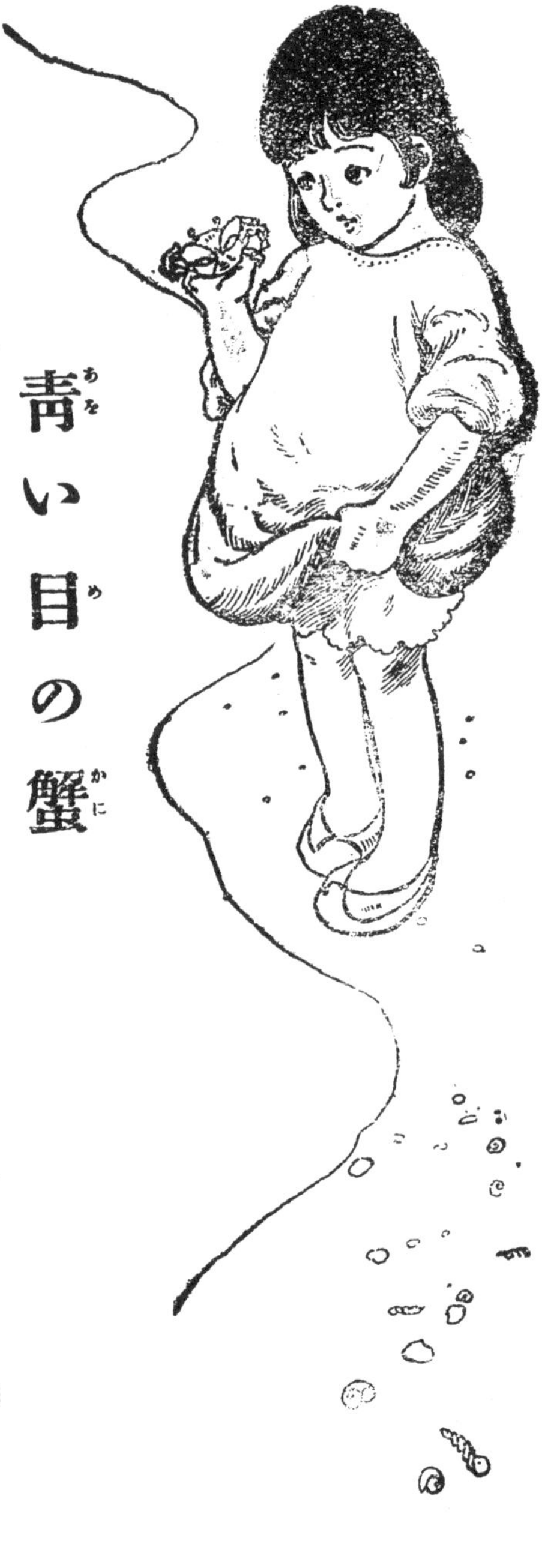

青《あを》い目《め》の蟹《かに》

前田晁

ぽかぽかと暖《あたゝか》い日《ひ》でした。鞠子《まりこ》さんはいつものやうに濱邊《はまべ》へ行《い》つて、綺麗《きれい》な貝殼《かひがら》などを拾《ひろ》ひ歩《ある》いてゐました。其《その》うちに、ふと、其《そ》の砂《すな》の上《うへ》に、丁《ちやう》度《ど》鞠子《まりこ》さんの指《ゆび》がはひるくらゐな丸《まる》い穴《あな》が、幾《いく》つも幾《いく》つも、あいてゐるのを見《み》つけました。

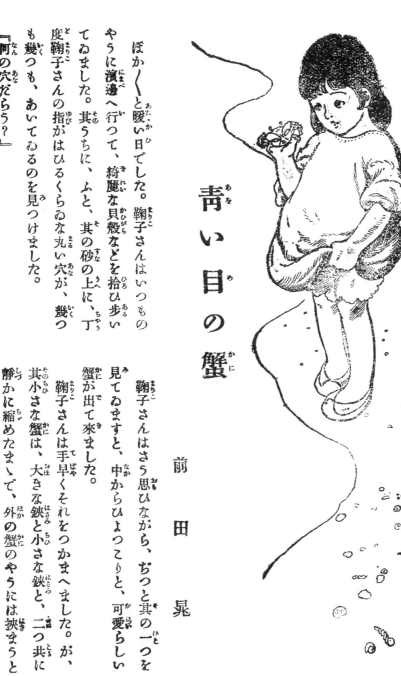

『何《なん》の穴《あな》だらう?』

鞠子《まりこ》さんはさう思《おも》ひながら、ぢつと其《そ》の一《ひと》つを見《み》てゐますと、中《なか》からひよつこりと、可愛《かはい》らしい蟹《かに》が出《で》て來《き》ました。

鞠子《まりこ》さんは手早《てばや》くそれをつかまへました。が、其小《そのちひ》さな蟹《かに》は、大《おほ》きな鋏《はさみ》と小《ちひ》さな鋏《はさみ》と、二つ共《とも》に静《しづ》かに縮《ちゞ》めたまゝで、外《ほか》の蟹《かに》のやうには挾《はさ》まうともしません。ただ可愛《かはい》らしい二《ふた》つの目玉《めだま》を、青《あを》く ぴか〳〵と光《ひか》らせてゐます。鞠子《まりこ》さんは不思議《ふしぎ》に思《おも》つて、其《そ》の小《ちひ》さな蟹《かに》をぢつと見《み》つめてゐました。

すると何處《どこ》からか、

『孃《ちやう》ちやん、其《そ》の蟹《かに》をいぢめてはいけませんよ。早《はや》く放《はな》してやりなさい。』といふ聲《こゑ》がきこえました。

鞠子《まりこ》さんはびつくりして、顏《かほ》を上《あ》げてあたりを見《み》まはしました。しかし人《ひと》らしい姿《すがた》は何處《どこ》にも見《み》えません。ただ向《むか》ふの蘆《あし》の生《は》えた入江《いりえ》の方《はう》から、白鷺《しろさぎ》が一羽《いちは》、ぴよこん、ぴよこんと歩《ある》いて來《き》たばかりでした。

『あの鷺《さぎ》が聲《こゑ》をかけたのか知《し》ら?』と鞠子《まりこ》さんは思《おも》ひながら、其《そ》の小《ちひ》さな蟹《かに》を直《す》ぐに放《はな》してやりました。蟹《かに》は嬉《うれ》しさうに、ちよろ、ちよろと走《はし》つて、また穴《あな》の中《なか》にはひりました。

鷺《さぎ》はだんだん鞠子《まりこ》さんの方《はう》へ近《ちか》づいて來《き》ました。時々《とき〴〵》何《なに》か考《かんが》へ事《ごと》でもするやうに、ちよつとの間《ま》、片脚《かたあし》だけで靜《しづ》かに立《た》ちましたが、其《そ》の脚《あし》は長《なが》くて大層《たいそう》痩《や》せてゐました。

そのうちに、鷺《さぎ》はたうとう、鞠子《まりこ》さんのそばまでやつて來《き》ました。そして片眼《かため》を閉《と》ぢて、かしげた小首《こくび》をすぼめながら、まるで白《しろ》い羽根《はね》の毬《まり》のやうになつて、片脚《かたあし》で立《た》ちました。其《そ》の足《あし》はすつかり濡《ぬ》れて、日《ひ》にきら〳〵と輝《かゞや》いてゐました。

『孃《ちやう》ちゃん。』と鷺《さぎ》がいひました。『あなたは、あの蟹《かに》が、なぜ砂《すな》に穴《あな》を掘《ほ》るのか御《ご》ぞんじですか？』

『なぜ？』と鞠子《まりこ》さんがおづ〳〵と言《い》ひました。

『では一《ひと》つお話《はなし》しませう。さうすれば、わたしが蟹《かに》をおにがしなさいと言《い》つた譯《わけ》も分《わか》ります。』

さう言《い》つて鷺《さぎ》は一つ瞬《まばた》きをしました。

『ずつとずつと以前《いぜん》の事《こと》です、小《ちひ》さな白壁《しろかべ》の町《まち》が、ある海邊《うみべ》にありました。何處《どこ》だか場所《ばしよ》は分《わか》りません。ただ海《うみ》邊《べ》といふ事《こと》が分《わか》つてゐるだけです。其《そ》の頃《ころ》はまだ、世間《せけん》に人《ひと》が澤山《たくさん》ゐない時分《じぶん》でしたが、中《なか》でもその町《まち》の人達《ひとたち》は

至極仕合《しごくしあは》せに暮《くら》してゐました。第《だい》一、其處《そこ》には大《たい》した金持《かねもち》が一人《ひとり》もありませんでした。お金《かね》などはなくとも、みんなが仕合《しあは》せに暮《くら》せたからです。

『其町《そのまち》を一人《ひとり》の王女《わうぢよ》さまが治《をさ》めてゐました。其《そ》の王女《わうぢよ》さまは大層賢《たいそうかしこ》い、そして善《よ》い方《かた》でしたから、町《まち》ぢうの者《もの》は誰《だれ》も彼《かれ》もみんな敬《うやま》つてゐました。そして王女《わうぢよ》さまは海《うみ》が大好《だいす》きでした。毎日御殿《まいにちごてん》の窓《まど》から青《あを》くきら〳〵と輝《かゞや》いてゐる海《うみ》を眺《なが》めてゐました。

『所《ところ》が幾年《いくねん》か前《まへ》、其町《そのまち》に住《す》んでゐた一人《ひとり》の靴直《くつなほ》しが、隣《となり》の家《うち》の物《もの》を盗《ぬす》み

ました。それを其《そ》の頃《ころ》の王《わう》さまであつた、王《わう》女《ぢよ》さまのおとうさまが大層《たいそう》お怒《おこ》りになつて、其《そ》の男《をとこ》に罰《ばつ》として、この町《まち》を去《さ》つて二度《ど》と再《ふたた》び歸《かへ》る事《こと》はならぬ、とお吩咐《いひつけ》になりました。

靴直《くつなほ》しは仕方《しかた》なしに町《まち》を出《で》て行《ゆ》きましたが、其《そ》の時《とき》、いつか歸《かへ》つて來《き》て仕返《しかへ》しをしてやるから、……と王《わう》さまに言《い》つたのでした。其《そ》の言葉《ことば》を、みんなは暫《しばら》くすると忘《わす》れてしまひましたが、靴直《くつなほ》しは全《まつた》く本氣《ほんき》でしたから、急《いそ》いで次《つ》ぎの國《くに》へ行《ゆ》くと、其處《そこ》に住《す》んでゐた名高《なだか》い魔法使《まはふつかひ》の弟子《でし》になつて、永《なが》い間《あひだ》、辛抱強《しんばうづよ》く魔法《まはふ》を學《まな》びました。そしてたうとう師匠《ししやう》が知《し》つてゐるだけの事《こと》は、みんな覺《おぼ》えることが出《で》來《き》ました。

『靴直《くつなほ》しは、いろ〱な魔法《まはふ》を覺《おぼ》えて、白壁《しろかべ》の町《まち》へ歸《かへ》つて來《き》ました。王《わう》さまはもう亡《な》くなつてしまつたけれど、王《わう》さまの娘《むすめ》さんが後《あと》を繼《つ》いでゐるのを知《し》つて、この王女《わうぢよ》さまの上《うへ》に、長《なが》い間《あひだ》の恨《うらみ》を返《かへ》さうと心《こゝろ》を決《き》めました。そこで靴直《くつなほ》しは魔法《まはふ》を使《つか》つて、王女《わうぢよ》さまを蟹《かに》に變《か》へてしまひました。しかし、どんな魔法《まはふ》でも、人《ひと》の目《め》の色《いろ》だけは、變《かへ》る事《こと》が出來《でき》ません。王女《わうぢよ》さまの目《め》は青《あを》かつたものですから、青《あを》い目《め》をした蟹《かに》になりました。

『このことを知《し》つた町《まち》ぢうの人《ひと》は、どんなに悲《かな》しんだでせう。みんなは其《そ》の呪《のろひ》を解《と》く爲《た》めに、一等《とう》えらい魔《ま》法使《はふつかひ》を世界中《せかいぢゆう》に探《さが》しました。そしてやつとのことで世《せ》界《かい》一の魔法使《まはふかつひ》を見《み》つけました。其《そ》の人《ひと》はすばらしく年《とし》を取《と》つた、髮《かみ》も髯《ひげ》も眞白《まつしろ》な人《ひと》でした。其《そ》の年取《としと》つた魔法使《まはふつかひ》が言《い》ひまし

た。「王女《わうぢよ》さまを元通《もとどほ》りにする法《はふ》が、たゞ一《ひと》つある。それは千《せん》年毎《ねんごと》に一度《ど》、海《うみ》から打《う》ち上《あ》げられる青《あを》い石《いし》を見《み》つけさへすればよい。さうすれば王女《わうぢよ》さまは救《すく》はれる。」

斯《か》う魔法使《まはふつかひ》のお爺《ぢい》さんが云《い》つたので、町《まち》ぢうの者《もの》は寄《よ》つて相談《さうだん》をしました。たとひ王女《わうぢよ》さまをお救《すく》ひ申《まを》すことは出來《でき》ないまでも、せめて其《そ》

の苦《くる》しみを分《わか》つだけのことはしようといつて、男《をとこ》も、女《をんな》も、おぢいさんも、おばあさんも、小《ちひ》さな子供達《こどもたち》も、みんな一處《いつしよ》になつて、魔法使《まはふつかひ》の前《まへ》に出《で》ました。そしてみんなを蟹《かに》にしてくださいと頼《たの》みました。そこでお爺《ぢい》さんは魔法《まはふ》を使《つか》ひました。するとみんなは王女《わうぢよ》さまと同《おな》じ蟹《かに》になりました。そして王女《わうぢよ》さまを護《まも》りながら、濱邊《はまべ》といふ濱邊《はまべ》に沿《そ》うて、其《そ》の青《あを》い石《いし》を捜《さが》しにさまよひ出《で》ました。蟹《かに》達《たち》は一日《いちにち》も休《やす》まずに、青《あを》い石《いし》を捜《さが》してゐますが、いまだに見《み》つかりません。

『御覧《ごらん》なさい。』と鷺《さぎ》は向《むか》ふの蘆《あし》の生《は》えた入江《いりえ》の、平《ひら》たい岸《きし》の方《はう》へ目《め》を向《む》けながら『今日《けふ》はあすこからこの邊《へん》へかけて掘《ほ》つて居《を》ります。奇態《きたい》な事《こと》に、あの蟹《かに》は、人《ひと》がつかまへても決《けつ》して、はさまうとはいたしません。誰《だれ》にも害《がい》は加《くは》へません。ただ穴《あな》を掘《ほ》つて進《すゝ》んで行《ゆ》くだけです。が、時々相圖《ときどきあひづ》でもし合《あ》ふのでせう。すべての蟹《かに》が銘々《めいめい》の穴《あな》の口《くち》に立《た》つて、青《あを》い目《め》を日《ひ》に輝《かゞや》かしながら、暫《しばら》くぢつとしてゐることがあります。人々《ひとびと》はあの蟹《かに》を廻國蟹《くわいこくがに》と呼《よ》んでゐます。孃《ぢやう》ちやん、あなたはあの蟹達《かにたち》が、實《じつ》は小《ちひ》さな白壁《しらかべ》の町《まち》の人達《ひとたち》で、今《いま》でもなほ王女《わうぢよ》さまを護《まも》りながら、青《あを》い石《いし》を捜《さが》し歩《ある》いてゐるのだといふことを忘《わす》れてはいけません。』

鞠子《まりこ》さんは一心《いつしん》になつて聞《き》いてゐましたが、話《はなし》が急《きふ》にぽつりと終《をは》つたので、鷺《さぎ》にお禮《れい》をいはうと頭《つむり》をあげて見《み》ましたが、鷺《さぎ》はお禮《れい》などを待《ま》つてはゐませんでした。いつかもう長《なが》い脚《あし》で、ぴよこんぴよこんと大跨《おほまた》に歩《ある》きながら、水際《みづぎは》の方《はう》へ下《お》りて行《ゆ》きました。

鞠子《まりこ》さんは其《そ》の後《あと》を見送《みおく》つてゐましたが、廻國《くわいこく》蟹《がに》のことを大層可哀想《たいそうかあいさう》に思《おも》ひながら、濱邊傳《はまべづた》ひにおうちの方《はう》へ歩《ある》き出《だ》しました。(をはり)

とりかへつこ

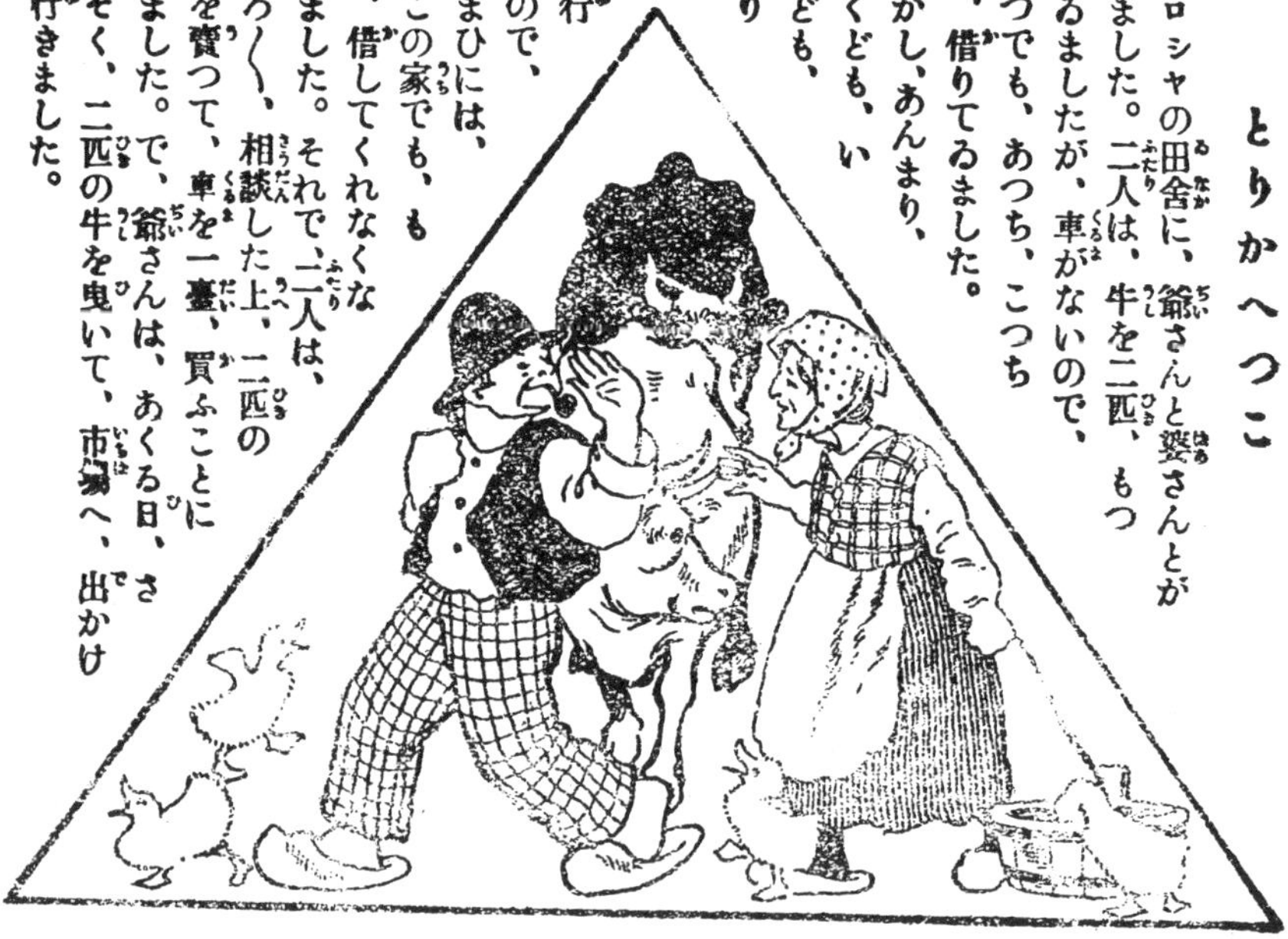

㊀ロシヤの田舎《ゐなか》に、爺《ぢい》さんと婆《ばあ》さんとがゐました。二人《ふたり》は、牛《うし》を二匹《ひき》、もつてゐましたが、車《くるま》がないので、いつでも、あつち、こつちで、借《か》りてゐました。しかし、あんまり、いくども、いくども、借《か》りに行《ゆ》くので、しまひには、どこの家《うち》でも、もう、借《か》してくれなくなりました。それで、二人《ふたり》は、いろ〳〵、相談《さうだん》した上《うへ》、二匹《ひき》の牛《うし》を賣《う》つて、車《くるま》を一臺《だい》、買《か》ふことにしました。で、爺《ぢい》さんは、あくる日《ひ》、さつそく、二匹《ひき》の牛《うし》を曳《ひ》いて、市場《いちば》へ、出《で》かけて行《ゆ》きました。

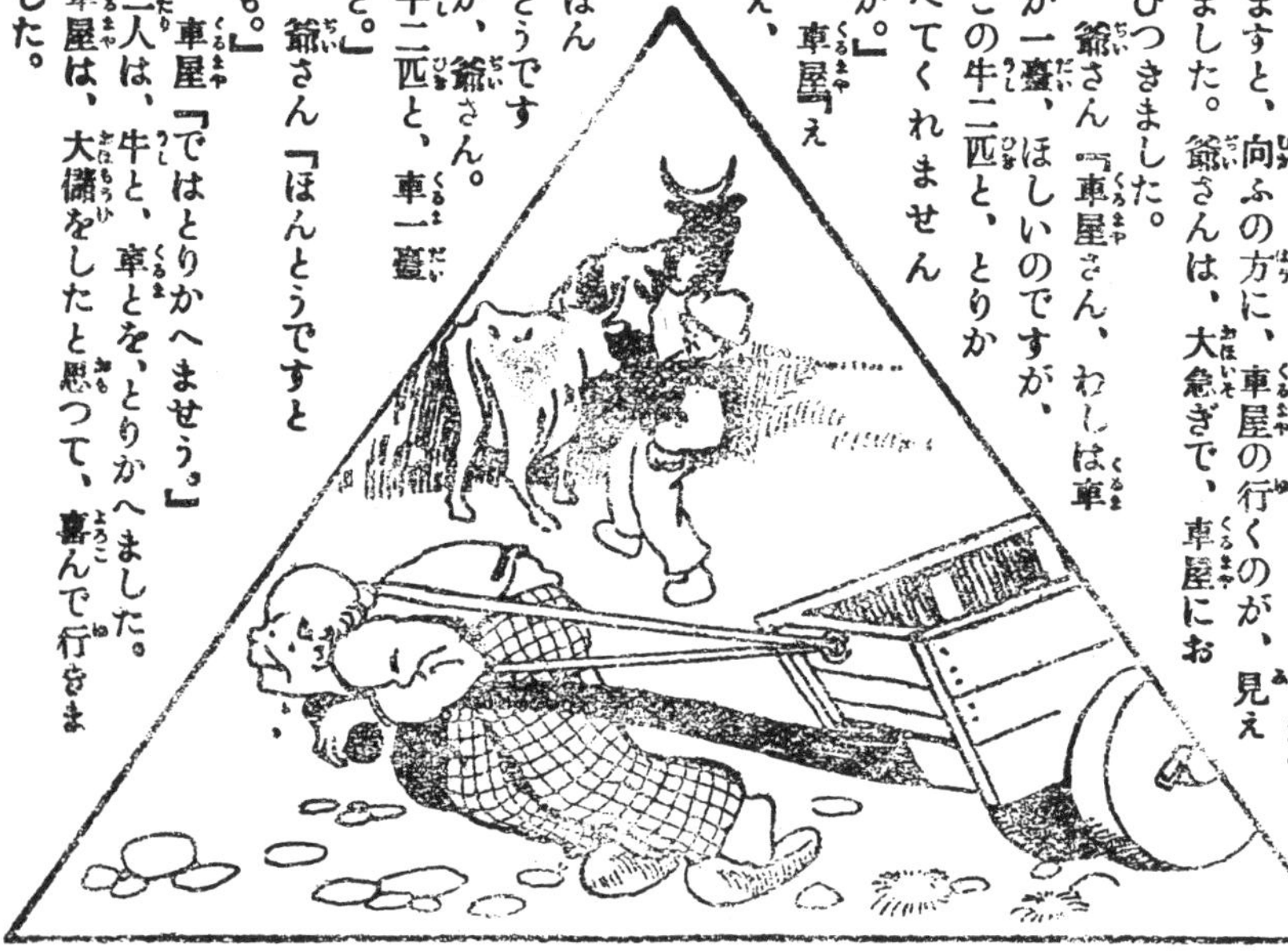

㊁爺さんが、二匹《ひき》の牛《うし》を曳《ひ》いて、市場《いちば》へ、近《ちか》づきますと、向《むか》ふの方《はう》に、車屋《くるまや》の行《ゆ》くのが、見《み》えました。爺《ぢい》さんは、大急《おほいそ》ぎで、車屋《くるまや》におひつきました。

爺《ぢい》さん「車屋《くるまや》さん、わしは車《くるま》が一臺《だい》、ほしいのですが、この牛《うし》二匹《ひき》と、とりかへてくれませんか。」

車屋《くるまや》「え、ほんとうですか、爺《ぢい》さん。牛《うし》二匹《ひき》と、車《くるま》一臺《だい》と。」

爺《ぢい》さん「ほんとうですとも。」

車屋《くるまや》「ではとりかへませう。」

二人《ふたり》は、牛《うし》と、車《くるま》とを、とりかへました。車屋《くるまや》は、大儲《おほもうけ》をしたと思《おも》つて、喜《よろこ》んで行《ゆ》きました。

㊂ 爺《ぢい》さんは、車《くるま》に繩《なは》をつけて、うん〳〵いつて、曳《ひ》いて行きました。しかし、一丁《ちやう》ばかりも行《ゆ》くと、ぐた〳〵に疲《つか》れて、路《みち》ばたで、休《やす》んでゐました。ちやうど、そこへ、羊飼《ひつじかひ》が、羊《ひつじ》を二匹《ひき》つれて、通《とほ》りました。車《くるま》を曳《ひ》いて、こり〳〵した、爺《ぢい》さんは、ふいと、羊《ひつじ》と、とりかへやうと思《おも》ひました。

爺《ぢい》さん『羊《ひつじ》飼《かひ》さん、車《くるま》と、羊《ひつじ》とは、とりかへてくれないでせうか。』

羊飼《ひつじかひ》『おやすいことです。』

爺《ぢい》さん『ぢや、とりかへて、ください。』

羊飼《ひつじかひ》は、喜《よろこ》んで、さつそく、とりかへました。

㊃ 爺《ぢい》さんは、やれ〳〵と思《おも》つて、羊《ひつじ》を一匹《ぴき》つれて、行きました。こんどは、向《むか》ふから、大《おほ》きな鞄《かばん》をもつた、商人《しやうにん》がまゐりました。

爺《ぢい》さん『何《なに》か、いゝものが、ありませんか。』

商人《しやうにん》『何《なん》でもありますよ。』

爺《ぢい》さん『一寸《ちよつと》見《み》せてください。』

商人《しやうにん》『よろしうございます。』

商人《しやうにん》が、鞄《かばん》を開《あ》けると、中《なか》には、玩具《おもちや》や、笛《ふえ》や、リボンや、袋《ふくろ》などが、たくさんありました。爺《ぢい》さんは、急《きふ》に、その袋《ふくろ》がほしくなりました。

爺《ぢい》さん『この袋《ふくろ》をください。かはりに、羊《ひつじ》をあげるから。』

商人《しやうにん》『どうもありがたう。』

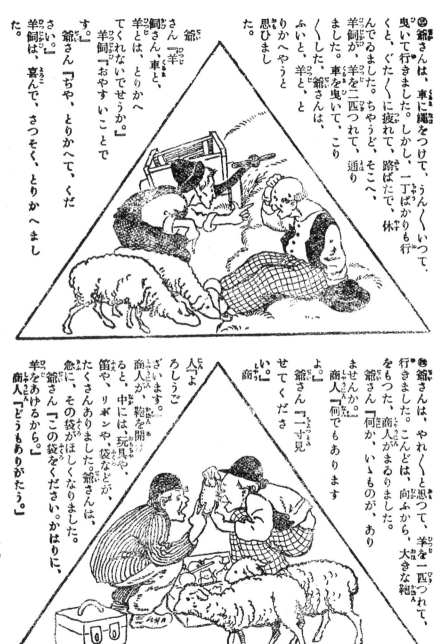

㊄爺《ぢい》さんは、袋《ふくろ》を腰《こし》にさげて、うれしさうに、行《い》きました。やがて、大《おほ》きな川《かは》のほとりへ、出《で》ました。そこで、渡舟《わたしぶね》に乗《の》つて、向岸《むかふぎし》へ、つきました。爺《ぢい》さんが、舟《ふね》から、あがらうとしますと、

船頭《せんどう》『おい爺《ぢい》さん、渡《わたし》賃《ちん》をくれないか。』

爺《ぢい》さん『さうさう、わしは、お金《あし》を、もつてゐなかつた。』

船頭《せんどう》『何《なに》をいつてるんだい。お金《あし》がなければ、その袋《ふくろ》でもおいとくんだ。でないと、船《ふね》からあげないぞ。』

爺《ぢい》さんは、をしさうに、腰《こし》から、袋《ふくろ》をとつて、船頭《せんどう》に、渡《わた》して、やつと、あがりました。

㊅爺《ぢい》さんは、『牛《うし》と車《くるま》と、とりかへて、車《くるま》と、羊《ひつじ》と、とりかへて、羊《ひつじ》と、袋《ふくろ》ととりかへた。だいじの〳〵袋《ふくろ》は、川《かは》を渡《わた》つて、船頭《せんどう》に、とうられた、とうられた。』と、いひながら、てく〳〵、歩《ある》いて行《ゆ》きました。これを路《みち》ばたで、聞《き》いてゐた、牛飼《うしかひ》は

牛飼《うしかひ》『爺《ぢい》さん、そりや、ほんとうかい。』

爺《ぢい》さん『ほんとうさ。』

牛飼《うしかひ》『ぢや、帰《かへ》つたら、お婆《ばあ》さんに、叱《しか》られるだらう。』

爺《ぢい》さん『大丈夫《だいぢやうぶ》だよ。』

牛飼《うしかひ》『大丈夫《だいぢやうぶ》だつて、それで大丈夫《だいぢやうぶ》だつたら、俺《おれ》は、二の牛《うし》を、皆《みんな》くれてやるよ。』

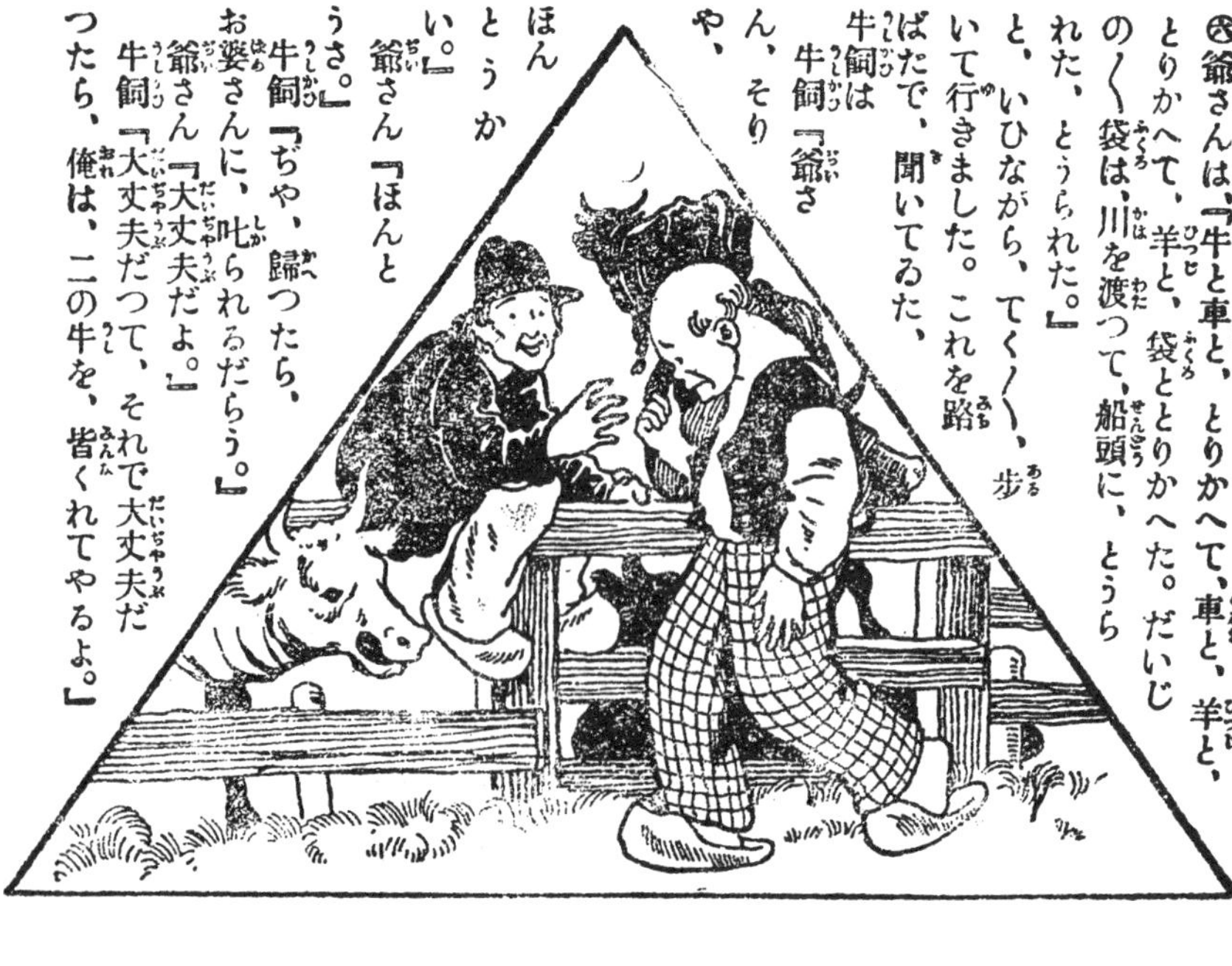

㊆爺《ぢい》さんは、牛飼《うしかひ》と一《いつ》しよに、自分《じぶん》の家《いへ》へ、歸《かへ》つてきました。そして、牛飼《うしかひ》を、外《そと》に、待《ま》たしておいて、家《うち》の中《なか》へ、はひりました。

爺《ぢい》さん『婆《ばあ》さん、歸《かへ》つたよ。』

婆《ばあ》さん『ずゐぶん、遲《おそ》くなりましたね。車《くるま》は買《か》へましたか。』

爺《ぢい》さん『買《か》へたが、羊《ひつじ》と、とりかへた。』

婆《ばあ》さん『羊《ひつじ》はどうしました。』

爺《ぢい》さん『袋《ふくろ》と、とりかへた。』

婆《ばあ》さん『袋《ふくろ》はどうしました。』

爺《ぢい》さん『渡《わた》し舟《ぶね》に乘《の》つて、船頭《せんどう》にとられた。』

婆《ばあ》さん『でもまあ、無事《ぶじ》に歸《かへ》れてよかつたわね。』

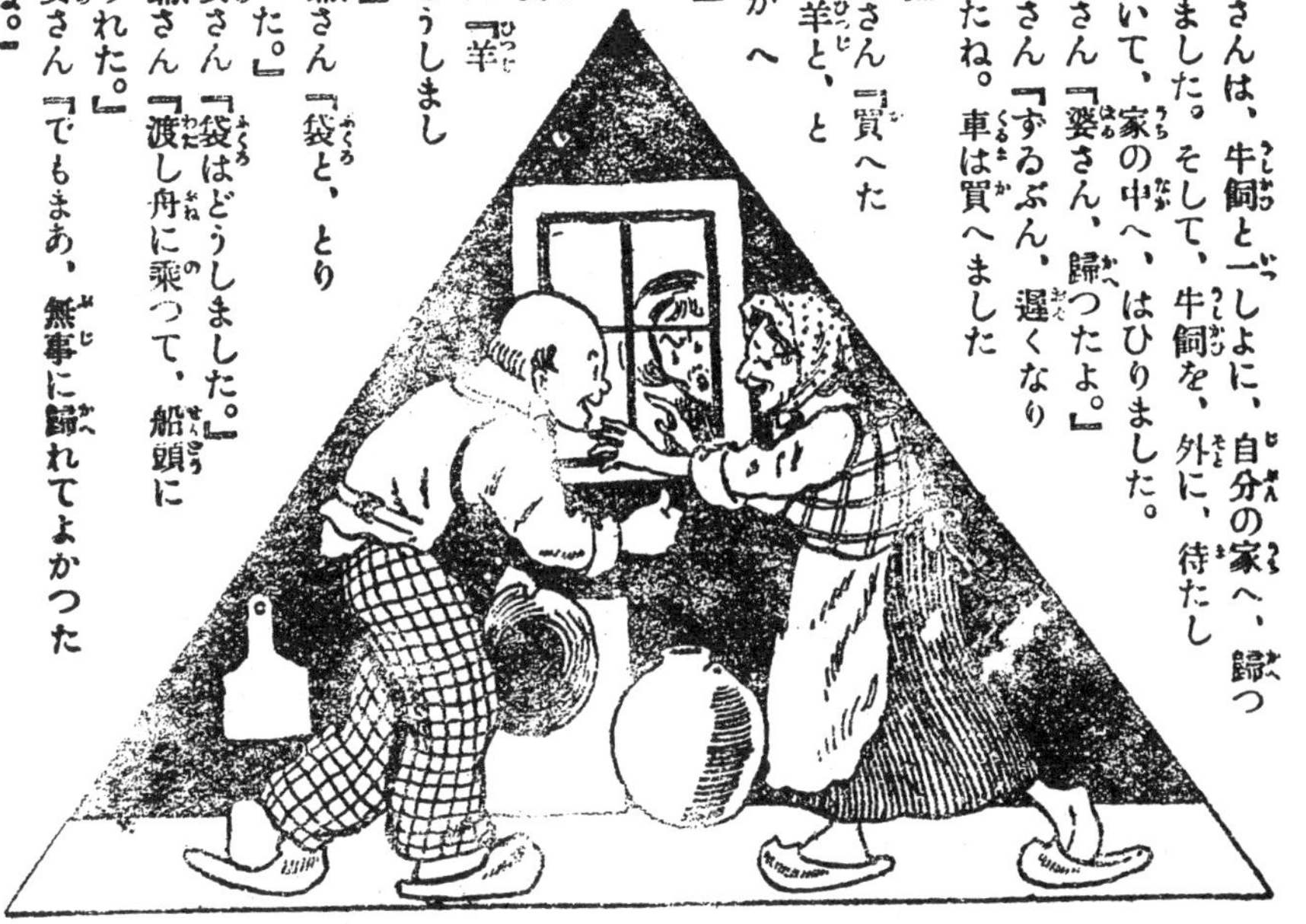

㊇さつきから、二人《ふたり》の會話《くわいわ》を、聞《き》いてゐた牛飼《うしかひ》は、お爺《ぢい》さんも、のんきだが、お婆《ばあ》さんも、のんきだなア、と思《おも》つて、あきれてゐました。

すると、爺《ぢい》さんは、婆《ばあ》さんと一しよに、そこへ、出《で》て來《き》ました。

爺《ぢい》さん『牛飼《うしかひ》さん、聞《き》いてゐましたか。婆《ばあ》さんは、何《なん》とも言《い》はなかつたでせう。』

牛飼《うしかひ》『うむ、何《なん》とも言《い》はなかつたね。』

爺《ぢい》さん『では、牛《うし》を皆《みんな》くれますか。』

牛飼《うしかひ》『うむ、皆《みんな》あげよう。』

そこで、爺《ぢい》さんと、婆《ばあ》さんとは、何《なん》百頭《とう》といふ、たくさんな牛《うし》をもらつて、それから、幸福《かうふく》にくらしました。

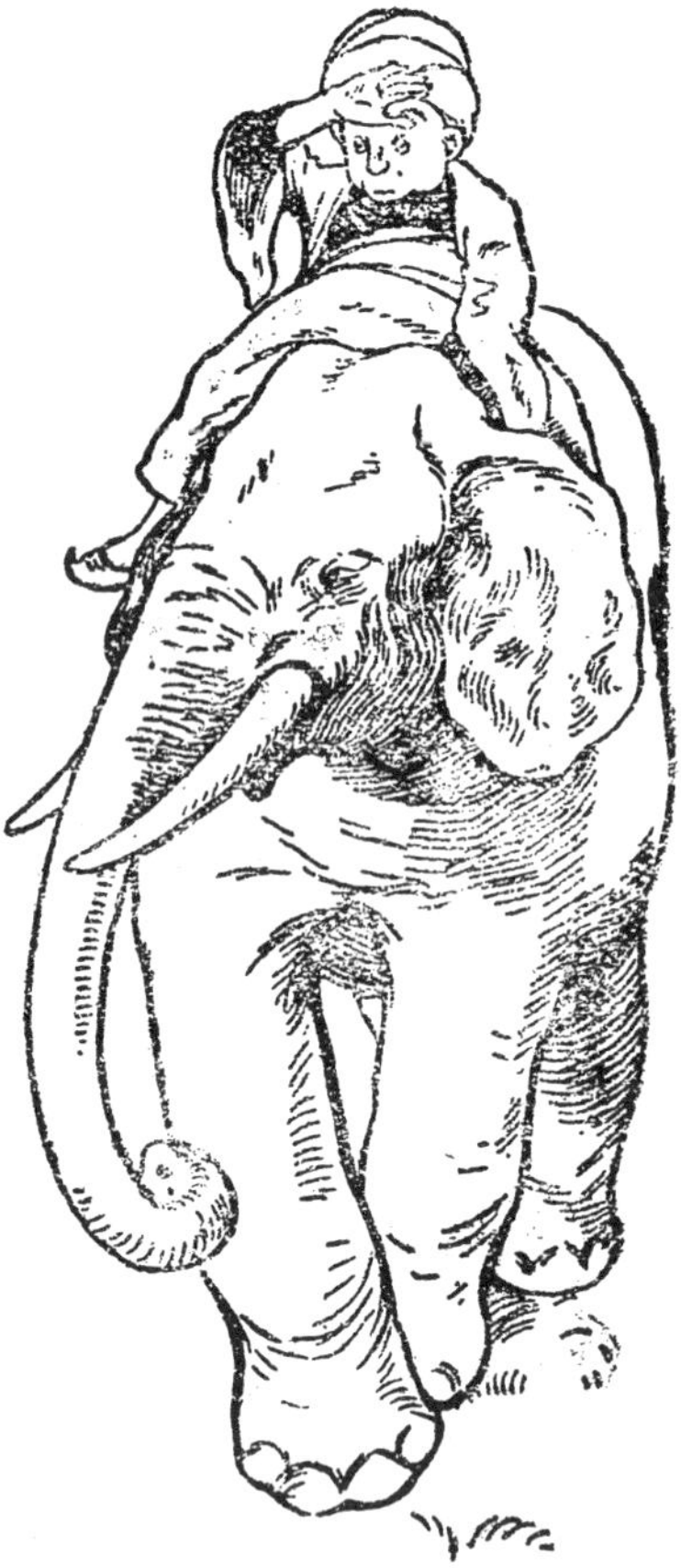

象《ざう》と旅《たび》人《びと》

齋藤佐次郎

一

印度《いんど》の北《きた》には、世界中《せかいぢゆう》で一番高《ばんたか》い、ヒマラヤ山《さん》といふ山《やま》があります。この山《やま》の麓《ふもと》には、大《おほ》きな森林《しんりん》があつて、その中《なか》には今《いま》でも澤山《たくさん》の象《ざう》がゐます。今《いま》から千年程前《せんねんほどまへ》、この森林《しんりん》の中《なか》に、雪《ゆき》の様《やう》に眞白《まつしろ》で、それは〱きれいな、一疋《いつぴき》の象《ざう》が住《す》んでゐました。此《こ》の象《ざう》は、身體《からだ》が立派《りつぱ》なばかりでなく、大《たい》そう心《こゝろ》がけが善《よ》いものですから、同《おな》じ山《やま》に住《す》んでゐる何萬《なんまん》といふ鳥《とり》や獸《けだもの》から、王様《わうさま》のやうに尊《たふと》ばれて居《を》りました。

　白《しろ》い象《ざう》は、幾年《いくねん》かの間《あひだ》、ヒマラヤ山《さん》の森林《しんりん》で暮《く》してゐましたが、一度《ど》は里《さと》の方《はう》へ出《で》て見《み》たいと考《かんが》へて、ある日《ひ》の事《こと》、たつた一人《ひとり》で山《やま》を下《お》りて來《き》ました。やがて、その日《ひ》も暮《く》れ方《がた》になつたので、象《ざう》はその晩《ばん》を過《すご》さうと思《おも》つて、大《おほ》きな森《もり》の中《なか》へ這入《はい》つて行《ゆ》きました。印度《いんど》の國《くに》は、日中《につちゆう》は暑《あつ》くてくたまりませんが、夕方《ゆふがた》からは涼《すゞ》しい風《かぜ》が吹《ふ》いて、何《なん》とも言《い》へないよい氣候《きこう》になるのです。象《ざう》は森《もり》の大木《たいぼく》の下《した》に寝《ね》ころびながら、涼《すゞ》しい風《かぜ》にふかれてをりました。すると、その時《とき》森《もり》の奥《おく》から人《ひと》の泣聲《なきごゑ》が聞《きこ》えて來《き》ました。親切《しんせつ》な象《ざう》の事《こと》ですから、すぐに立上《たちあが》つて、聲《こゑ》のする方《はう》へと行《ゆ》きました。

二

　森《もり》の中《なか》で泣《な》いてゐたのは旅人《たびびと》でした。山《やま》の中《なか》で道《みち》に迷《まよ》つたまゝ日《ひ》が暮《く》れて來《き》たので、心細《こゝろぼそ》くて、泣《な》いてゐたのです。もし、誰《だれ》も助《たす》けなかつたら、旅人《たびびと》はその晩《ばん》の内《うち》に、お腹《なか》がへつて死《し》ぬか、さもなければ、恐《おそ》ろしい獸物《けだもの》に食《た》べられて了《しま》ふのです。

　妙《めう》な足音《あしおと》がするので、旅人《たびびと》はその方《はう》を見《み》ました。すると白《しろ》い象《ざう》が自分《じぶん》の方《はう》へやつて來《き》ました。旅人《たびびと》はびつくりして、象《ざう》を見《み》詰《つ》めてゐましたが、これはきつと、自分《じぶん》を殺《ころ》しに來《き》たのに相違《さうゐ》ないと思《おも》つて、あはてゝ逃出《にげだ》しました。象《ざう》は旅人《たびびと》が夢中《むちゆう》になつて、逃《に》げるものですから、あきれて立止《たちどま》つてゐました。すると、旅人《たびびと》も象《ざう》が追《お》つて來《こ》ないので、ホツと安心《あんしん》した様《やう》に立止《たちどま》りました。そこで、象《ざう》はまた追《お》ひかけました。すると、旅人《たびびと》はまた逃出《にげだ》しました。こんな事《こと》を一里《り》もつゞけましたが、その内《うち》に日《ひ》がすつかり暮《く》れて、森《もり》の中《なか》は眞暗《まつくら》になりました。旅人《たびびと》は、その時《とき》になつて考《かんが》へました。

『もしかすると、象《ざう》は私《わたし》を助《たす》けに來《き》てくれたのかも知《し》れない。獸物《けだもの》が人間《にんげん》を救《すく》つたといふ話《はなし》は、いくらもある。このまゝてゐたら、どうせ今夜《こんや》の内《うち》に命《いのち》がなくなるのだから、象《ざう》が傍《そば》へ來《き》たら一《ひと》つ頼《たの》んで見《み》よう。』と考《かんが》へて旅人《たびびと》は、象《ざう》が自分《じぶん》の傍《そば》へ來《く》る迄《まで》待《ま》つてゐました。やがて、象《ざう》が來《き》ました。

『旅人《たびびと》さん、なぜあなたは、こんなにきれいなお山《やま》の中《なか》を泣《な》き〳〵歩《ある》くのです。何《なん》でも困《こま》ることがあつたら私《わたくし》に仰《おつしや》い。』と、象《ざう》がいひました。旅人《たびびと》は、象《ざう》の優《やさ》しい言葉《ことば》を聞《き》いて、やうやく安心《あんしん》しました。

『象《ざう》さん、私《わたし》は山《やま》の中《なか》で道《みち》に迷《まよ》つたのです。このまゝ夜《よる》になつたら、死《し》んでしまふと思《おも》つて、泣《な》いてゐたのです。』と、旅人《たびびと》がいひました。

『しかし、この近《ちか》くに人家《じんか》はありません。あなたは大《たい》そう、疲《つか》れてゐる様《やう》ですね。私《わたし》と一《いつ》しよにお出《い》でなさい。食《た》べ物《もの》も、寝《ね》る場所《ばしよ》も、みんな私《わたし》がさがして上《あ》げます。』と、象《ざう》がまたいひました。

象《ざう》は静《しづ》かな森《もり》の中《なか》へ、旅人《たびびと》をつれて行《ゆ》きました。そして、果物《くだもの》や木《き》の實《み》をさがして來《き》て、旅人《たびびと》に食《た》べさせました。また、つめたい泉《いづみ》の水《みづ》を汲《く》んで來《き》て、飲《の》ませてやつたりしました。

七日《なのか》の間《あひだ》、旅人《たびびと》は象《ざう》の世話《せわ》になつてゐました。その内《うち》に旅人《たびびと》は、山《やま》の中《なか》がいやになつて來《き》ました。早《はや》く、にぎやかな市《まち》へ歸《かへ》りたい、とその事《こと》ばかり考《かんが》へるやうになりました。賢《かしこ》い象《ざう》には、この事《こと》がすぐにわかりましたから、旅人《たびびと》にいひました。

『もし、旅人《たびびと》さん、私《わたし》の背中《せなか》にお乘《の》んなさい。あなたが、行《ゆ》きたい〳〵と思《おも》つてゐる市《まち》へ連《つ》れて行《い》つてあげますから。』

旅人《たびびと》は大《たい》そう喜《よろこ》びました。そして、象《ざう》のいふ通《とほ》りにしました。象《ざう》は旅人《たびびと》を背中《せなか》に乘《の》せて、森《もり》を出《で》ました。でこぼこした岩《いは》を越《こ》えたり、矢《や》の様《やう》に水《みづ》の流《なが》れる谷《たに》を渡《わた》つたり、お日様《ひさま》の光《ひかり》も射《さ》し込《こ》まないやうな、眞暗《まつくら》な森《もり》の中《なか》を通《とほ》つたりして行《ゆ》きました。そして、幾日《いくにち》かの後《のち》、漸《やうや》く印度《いんど》のベナレスといふ市《まち》の近《ちか》くへ來《き》ました。そこで、象《ざう》は旅人《たびびと》を背中《せなか》から下《おろ》していひました。

『この道《みち》をまつすぐにお出《い》でなさい。すぐ市《まち》へ出《で》られます。私《わたし》はこれから先《さき》も、あなたと一《いつ》しよにゐた、あの森《もり》の中《なか》で暮《くら》してゐるつもりです。何時《いつ》でも御用《ごよう》があつたら、また訪《たづ》ねていらつしやい。』かういつて、象《ざう》は旅人《たびびと》とわかれました。

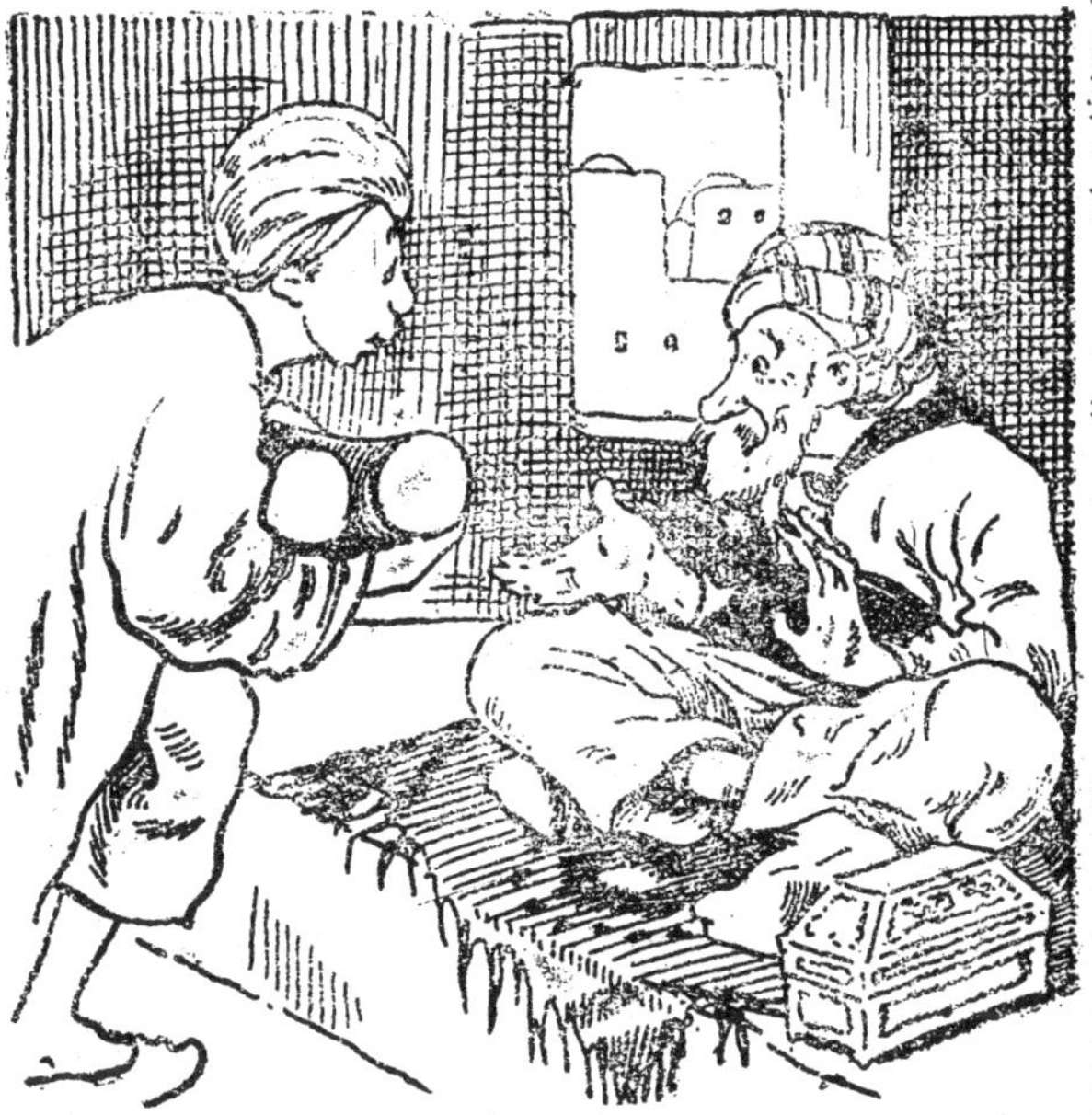

三

象《ざう》にわかれた旅人《たびびと》は、それからどうしたでせう。

旅人《たびびと》は、大《たい》そう心《こゝろ》の惡《わる》い男《をとこ》でした。象《ざう》の背中《せなか》に乗《の》つて、旅《たび》をしてゐた間《あひだ》に、象《ざう》のきれいな牙《きば》によく目《め》をつけて置《お》きました。象《ざう》牙《げ》がどんなに値段《ねだん》の高《たか》いものかよく知《し》つてゐましたから、どうかしてそれを取《と》りたいと思《おも》ひました。そこで、旅人《たびびと》はまた來《く》る時《とき》に道《みち》を忘《わす》れない様《やう》にと、途中《とちゆう》の樹《き》や泉《いづみ》に目印《めじるし》をつけて置《お》きました。

旅人《たびびと》はベナレスの市《まち》へ着《つ》くと、すぐに象牙店《ざうげや》へ行《ゆ》きました。そして、

『お前《まへ》さんの所《とこ》では、生《い》きた象《ざう》の牙《きば》を買《か》はないか

ね。」と、きゝました。

『それは結構《けつこう》な品《しな》ですな、生《い》きた象《ぞう》の牙《きば》はめつたにありませんから、死《し》んだ象《ぞう》のより幾層倍高《いくそうばいたか》いか知《し》れません。』と、象牙《ぞうげ》店《や》の主人《あるじ》がいひました。旅《たび》人《びと》は、象牙《ぞうげ》店《や》の言葉《ことば》を聞《き》くと、大喜《おほよろこ》びに喜《よろこ》んで、象《ぞう》の住《す》んでゐる森《もり》へ出《で》かけて行《ゆ》きました。旅人《たびびと》は、前《まへ》に目印《めじるし》がつけてあるので、道《みち》にまよふ事《こと》もなく、四五日《にち》の後《のち》には象《ぞう》のゐる森《もり》へ來《く》ることが出來《でき》ました。象《ぞう》は旅人《たびびと》がまた訪《たづ》ねて來《き》たので、ダイヤモンドの様《やう》な眼《め》を光《ひか》らせて、大《たい》そう喜《よろこ》びました。

『よく、はる〳〵たづねて來《き》てくれましたね。何《なに》か、また困《こま》る事《こと》でも出來《でき》ましたか。』と、象《ぞう》がきゝました。

心《こゝろ》の悪《わる》い旅人《たびびと》は、わざと泣聲《なきごゑ》をして、今《いま》自分《じぶん》は、貧乏《びんぼふ》で困《こま》つてゐるから、どうぞ助《たす》けて下《くだ》さいと頼《たの》みました。

『旅人《たびびと》さん、そんなに困《こま》るなら、市《まち》へ行《ゆ》かずに私《わたし》と一しよに、此《こ》の山《やま》の中《なか》でお暮《くら》しなさい。こゝにさへゐれば、何《なん》の心配《しんぱい》もなく、それは〳〵安樂《あんらく》です。市《まち》へ行《ゆ》からなどゝは、もう決《けつ》して思《おも》ひなさるな。』と、象《ぞう》がやさしくいひました。けれども、旅《たび》人《びと》にはそんな氣《き》は、少《すこ》しもありませんでした。

『象《ぞう》さん、私《わたくし》には妻《つま》や子《こ》があります。ですから、山《やま》の中《なか》へ這入《はい》つて暮《くら》す譯《わけ》には行《ゆ》きませせん。それで、あなたにお願《ねが》ひがあるのです。あなたの様《やう》に森《もり》の中《なか》で暮《くら》してゐらつしやるのには、牙《きば》のお入用《いりよう》がありますまい。さう思《おも》つて、私《わたくし》はあなたの牙《きば》を一《ひと》ついたゞきに來《き》たのです。それを賣《う》つて、かあいそうな妻《つま》や子《こ》に、パンを買《か》つてやりたいと思《おも》ひます。』と、旅人《たびびと》はそら涙《なみだ》を流《なが》して頼《たの》みました。

旅人《たびびと》の言葉《ことば》をきいて、象《ぞう》は大層氣《たいそうき》の毒《どく》に思《おも》ひました。

『おやすい事《こと》です。そんなに困《こま》るなら、私《わたし》の牙《きば》を二《ふた》つ上《あ》げませう。』と、象《ぞう》が快《こゝろよ》くいひました。そし象《ぞう》は旅人《たびびと》がたやすく牙《きば》を切《き》れるやうにと、首《くび》を垂《た》れて地面《ぢめん》に坐《すわ》りました。旅人《たびびと》は大喜《おほよろこ》びで、すぐ様《さま》用意《ようい》して來《き》た鋸《のこぎり》を出《だ》して、世界《せかい》にまたとない、立《り》

派《ぱ》なく牙《きば》を切《き》つてしまひました。象《ぞう》は牙《きば》をとられても、少《すこ》しも悲《かな》しみませんでした。

『私《わたし》の牙《きば》を賣《う》つたら、そのお金《かね》で、どうぞ立派《りつぱ》な人《ひと》になつて下《くだ》さい。』と、象《ぞう》が頼《たの》みました。しかし、旅人《たびびと》はろくに禮《れい》もいはず、牙《きば》を持《も》つてベナレスの市《まち》へ歸《かへ》つて行《ゆ》きました。

四

旅人《たびびと》は市《まち》へ着《つ》くと、すぐに象牙屋《ぞうげや》へ行《ゆ》きました。牙《きば》はすばらしい値段《ねだん》で賣《う》れました。旅人《たびびと》は澤山《たくさん》のお金《かね》を持《も》つたので、毎日《まいにち》お酒《さけ》を飲《の》んだり、御馳走《ごちそう》を食《た》べたり、ばくちを打《う》つたりして暮《くら》しました。もともとおかみさんも、子供《こども》もありませんから、ありつ

たけのお金《かね》を一人《ひとり》で費《つか》つてしまひました。旅人《たびびと》はお金《かね》が無《な》くなると、また象《ざう》のことを思出《おもひだ》しました。そして、再《ふたゝ》び象《ざう》のゐる森《もり》へ出《で》かけて行《ゆ》きました。象《ざう》は旅人《たびびと》を見《み》ると、いつもの様《やう》に喜《よろこ》んで迎《むか》へました。そこで、旅人《たびびと》はいゝ氣《き》になつて、

『象《ざう》さん、あなたから此《こ》の間《あひだ》いたゞいた牙《きば》は、私《わたくし》の借金《しやくきん》をはらふお金《かね》にしかなりませんでした。まことに濟《す》みませんが、あなたの牙《きば》を、もう一《ひと》つ下《くだ》さいませんか、それを賣《う》つて、飢《う》えてゐる妻《つま》やこどもに、パンを買《か》つてやりたいと思《おも》ひますから。』と、頼《たの》みました。象《ざう》はいやな顔《かほ》もしませんでした。快《こゝろよ》く大切《たいせつ》な、もう一つの牙《きば》もやつて了《しま》ひました。旅人《たびびと》はそれをもらふと大急《おほいそ》ぎで市《まち》へ賣《う》りに行《ゆ》きましたが、前《まへ》と同《おな》じ様《やう》に大層《たいそう》なお金《かね》になりました。

しかし、怠《なま》け者《もの》の旅人《たびびと》のことですから、幾日《いくにち》かの後《のち》にはまた一文《もん》なしになりました。そこで、前《まへ》の様《やう》に山《やま》を上《のぼ》つて、象《ざう》の處《ところ》へ頼《たの》みに來《き》ました。しかし、今度《こんど》はもう滿足《まんぞく》な牙《きば》がありませんから、今《いま》までの切《き》り殘《のこ》しのい、ねつこの所《ところ》をくれと頼《たの》みました。

『まだお金《かね》に困《こま》つてゐるのですか。』と、象《ざう》が悲《かな》しさうにいひました。けれど、ひとを救《すく》ふ爲《ため》には、

どんなつらい事《こと》でも我慢《がまん》しようと思《おも》つてゐる象《ざう》のことですから、またも、すなほに牙《きば》を取《と》らせました。旅人《たびびと》は大《おほ》きなナイフで、牙《きば》のねつこをえぐり取《と》りました。しかし、象《ざう》は一《ひ》とことも苦情《くじやう》をいひませんでした。泣聲《なきごゑ》も出《だ》しませんでした。旅人《たびびと》は牙《きば》をすつかりもらつてしまつたので、二度《ど》と來《く》る必要《ひつえう》はないと思《おも》ひました。そして、一言《ごん》の禮《れい》もいはずに行《い》つてしまひました。さて、旅人《たびびと》はそのまま何事《なにごと》もなく、市《まち》へ歸《かへ》れたでせうか。

ところが、此《こ》の有様《ありさま》を「森《もり》の精《せい》」が見《み》てゐました。そして、此《こ》の事《こと》を「地《ち》の精《せい》」に話《はな》しました。

「地《ち》の精《せい》」は大《たい》そう怒《おこ》りました。

『あんな、恩知《おんし》らずの男《をとこ》を生《い》かして置《お》く事《こと》は出來《でき》ない。』と、「地《ち》の精《せい》」はまつかになつて怒《おこ》りながら、旅人《たびびと》が森《もり》を出《で》るのを待《ま》ちかまへてゐました。

やがての事《こと》旅人《たびびと》が森《もり》を出《で》やうとしますと、忽《たちま》ち大地《だいち》が裂《さ》けました。そして、其處《そこ》から火焔がぼう〱と燃《も》え上《あが》りました。またゝく間《ま》に、旅人《たびびと》は大《だい》地《ち》の裂目《さけめ》に落《お》ちて、燒殺《やきころ》されてしまひました。

今尚《いまなほ》、ヒマラヤ山《さん》の森《もり》を旅《たび》して歩《ある》くと、何處《どこ》からともなく、それは〱朗《ほがら》かな歌《うた》の聲《こゑ》が聞《きこ》えます。

恩知《おんし》らずの男《をとこ》には
やつても、やつても
足《た》らぬ
世界中《せかいぢゆう》の物《もの》を
やつても、やつても
足《た》らぬ

これは、「森《もり》の精《せい》」の子供《こども》たちが、樹《こ》の間《ま》で遊《あそ》びながら歌《うた》ふ唄《うた》の聲《こゑ》です。「森《もり》の精《せい》」の子供《こども》たちは、誰《だれ》でも、お母《かあ》さんから「親切《しんせつ》な象《ざう》と恩知《おんしら》ずの旅人《たびびと》」のお話《はなし》をして戴《いたゞ》くのです。それで、みんなが森《もり》の中《なか》で遊《あそ》ぶ時《とき》には、きつと此《こ》の唄《うた》を歌《うた》ふのです。（をはり）

雪《ゆき》よ來《こ》い來《こ》い

若山牧水

雪《ゆき》よ來《こ》い來《こ》い坊《ぼう》やは寒《さむ》い
寒《さむ》いお手《て》々《て》をたたいて待《まつ》に
雪《ゆき》よこんこと降《ふ》つて來《こ》い

雪《ゆき》よ來《こ》い來《こ》い坊《ぼう》やは寒《さむ》い
さむい天《てん》からまん眞白《まつしろ》に
ちいろりちろりと降《ふ》つて來《こ》い

雪《ゆき》よ來《こ》い來《こ》い坊《ぼう》やは寒《さむ》い
さむいお手々《てて》は紅葉《もみぢ》のやうだ
雪《ゆき》のうさぎがこさへ度《た》い

サンタクロースの贈物《おくりもの》

山本作次

楽《たの》しい楽《たの》しいクリスマスの前夜《ぜんや》が、とう／＼まゐりました。アンナさんや、マリイさんは、ストーヴの傍《そば》で、お父《とう》さんや、お母《かあ》さんから、かはるがはる、面白《おもしろ》いお話《はなし》を聴《き》かして戴《いただ》きました。

その頃《ころ》、アンナさんのお國《くに》では、王様《わうさま》に謀叛《むほん》する惡者《わるもの》どもがあつて、王様《わうさま》は、お妃《きさき》と共《とも》に、お逃《に》げになつたといふ噂《うはさ》で、大變《たいへん》な騒動《さうどう》がありました。で、時々《ときどき》、大砲《たいはう》の音《おと》や、鐵砲《てつぱう》の音《おと》が、どうん／＼ひびいてくるので、皆《みんな》びく／＼してゐました。

マリイさんは、心配《しんぱい》さうにいひました。

『こんな晩《ばん》に、サンタクロースのお爺《ぢい》さんが、いらつしやるでせうか。』といひました。

アンナさんは、ちよこ／＼と窓際《まどぎは》へ駈《か》けよつて、カーテンを引《ひ》きました。そして硝子《ガラス》窓《まど》から外《そと》をのぞきました。外《そと》は雪《ゆき》が眞白《まつしろ》に積《つも》つて、その上《うへ》、お月様《つきさま》の光《ひかり》で、キラ／＼輝《かゞや》いてゐました。

『まあ、きれいなこと、サンタクロースのお爺《ぢい》さんが、いらしやるやうな晩《ばん》だわ。お土産《みやげ》を一ぱい積《つ》んだ橇《そり》を、馴鹿《じゆんろく》に曳《ひ》かして、チン〳〵ベルを鳴《な》らしながら、今《いま》にもいらつしやるやうだわ。』とアンナさんは、嬉《うれ》しさうにいひました。

『いゝえお爺《ぢい》さんは、王様《わうさま》に謀叛《むほん》するやうな惡《わる》者《もの》どものゐる國《くに》へは、いらつしやらないよ。』とお父《とう》さんは、お顔《かほ》をしかめながらいはれました。

『では、あたしたちは、王様《わうさま》をお助《たす》けして、惡者《わるもの》どもを討《う》ちませう。さうすると、サンタクロースのお爺《ぢい》さんは、きつと、いらつしやるわ。』とマリイさんがいひました。

そのうちに、だいぶん夜《よ》がふけました。と、俄《にはか》に、表《おもて》の戸《と》を、トン〳〵たゝく音《おと》が聞《きこ》えましたので、今頃《いまごろ》何《なん》だらう、と思《おも》つて、皆《みんな》顔《かほ》を見《み》あはしました。お父《とう》さんは、立《た》つて行《い》つて戸《と》を開《あ》けました。戸口《とぐち》には、黒《くろ》いきれで顔《かほ》を掩《おほ》うた、脊《せ》の高《たか》い人《ひと》が立《た》つてゐました。その人《ひと》は、

『これはクリスマスの贈物《おくりもの》です』といつて、お父《とう》さんの前《まへ》へ、一つの包《つゝみ》を出《だ》しました。そして、外《そと》に待《ま》たしてあつた馬《うま》に、ひらりと乗《の》つて、雪《ゆき》の上《うへ》をどん〳〵駈《か》けて行《ゆ》きました。

お父《とう》さんが包《つゝみ》をもつて、お室《へや》へいらつしやると、皆《みんな》は不思議《ふしぎ》さうに、その包《つゝみ》を見《み》ました。お父《とう》さんは急《いそ》いで、その包《つゝみ》を解《と》かれました。すると、中《なか》から、丸々《まる〳〵》ふとつた可愛《かはい》い可愛《かはい》い、生《うま》れて間《ま》もない赤《あか》ん坊《ばう》が出《で》て來《き》ました。

『おゝ〳〵可愛《かはい》い子《こ》だ。』といひながら、お母《かあ》さんが両手《りやうて》に赤《あか》ん坊《ばう》を抱《だ》き上《あ》げますと、そのはずみに、ぽたんと、床《ゆか》の上《うへ》に落《お》ちたものがありました。急《いそ》いでそれを拾《ひろ》つて開《あ》けて見《み》ました。

その中《なか》には、『この子《こ》はオルガと申《まを》します。どうか大切《たいせつ》に育《そだ》てゝ下《くだ》さい。』といふ意味《いみ》の短《みじか》い手紙《てがみ》が

ありました。そして、その子《こ》の養育料《やういくれう》として、澤《たく》山《さん》のお金《かね》がはいつてゐました。

『サンタクロースのお爺《ぢい》さんは、やつぱりあたしたちを、お忘《わす》れにならなかつたのね』とマリイさんが嬉《うれ》しさうにいひました。

赤《あか》ん坊《ばう》は、それから、皆《みんな》に可愛《かはい》がられて、日《の》に日《ひ》に丈夫《ぢやうぶ》に育《そだ》ちました。アンナさんや、マリイさんは、大喜《おほよろこ》びで、毎日《まいにち》々々《〳〵》、樂《たの》しく遊《あそ》びました。

アンナさんのお國《くに》に、騒動《さうどう》が起《おこ》つてから、丁度《ちやうど》三年《ねん》になりました。その年《とし》のくれ、王様《わうさま》は、急《きふ》に大《おほ》勢《せい》の兵隊《へいたい》をひきいて、國《くに》へお歸《かへ》りになりました。そして、王様《わうさま》に謀叛《むほん》した悪者《わるもの》どもを、お討《う》ちになつて、もとの御位《みくらゐ》におつきになつたので、人々《ひとびと》は大層喜《たいそうよろこ》びました。

そのうちにまた、クリスマスがまゐりました。その前夜《ぜんや》、アンナさんや、マリイさんは、オルガさんと一緒《しよ》に、ストーヴの傍《そば》で、お父《とう》さんや、お母《かあ》さんから、面白《おもしろ》いお話《はなし》を聴《き》かして戴《いたゞ》きました。

だいぶん夜《よ》がふけてから、また、表《おもて》の戸《と》を、トントンたゝく音《おと》が聞《きこ》えました。お父《とう》さんは行《い》つて戸《と》を開《あ》けました。すると、三年前《ねんまへ》の晩《ばん》に見《み》たことのある、黒《くろ》いきれで顏《かほ》を掩《おほ》うた、脊《せい》の高《たか》い人《ひと》が、戸口《とぐち》に立《た》つてゐました。その人《ひと》は、お父《とう》さんに、

『中《なか》へはいつてもようございますか。』といつて、アンナさんたちのゐるお室《へや》へ、ずん〱はいつてきました。そして、いきなり、皆《みんな》の前《まへ》で、顏《かほ》の掩《おほひ》をとりました。

それは王様《わうさま》でした。皆《みんな》はびつくりしました。王様《わうさま》はやさしく、

『オルガは、余《わし》のたつた一人《ひとり》の娘《むすめ》だ。余《わし》はお前《まへ》たちを信《しん》じて、このオルガを預《あづ》けておいて、遠《とほ》い外國《ぐわいこく》へのがれて行《い》つたのだ。ながい間《あひだ》、よく世話《せわ》をしてくれた』と仰《おつしや》つて、大《おほ》きくなられたオルガさんを、抱《だ》き上《あ》げて接吻《くちづけ》なさいました。それから、今晩《こんばん》はもうおそいから、明日《あした》、家來《けらい》どもに迎《むか》へに來《こ》ささうと、仰《おつしや》つて、一人《ひとり》でお歸《かへ》りになりました。

あくる日《ひ》、アンナさんのお家《うち》へ、きれいな馬車《ばしや》が、いく臺《だい》も着《つ》きました。そして、オルガさんと一緒《しよ》に、アンナさんも、マリイさんも、お父《とう》さんも、お母《かあ》さんも、皆《みんな》きれいな馬車《ばしや》に乘《の》つて、王様《わうさま》の御殿《ごてん》へ參《まゐ》りました。そして、そこで幸福《かうふく》にくらすことになりました。（をはり）

瘦犬《やせいぬ》とお獅子《しし》

吉田紘二郎

朝《あさ》まだ早《はや》かつたので、學校《がくかう》の門《もん》はしまつてゐました。

二郎《じらう》はひとりでぽつねんと門《もん》の前《まへ》に立《た》つてゐました。

二郎《じらう》は爲《し》ようことなしに、門《もん》にもたれながら空《そら》を見上《みあ》げました。

空《そら》は蒼《あを》い寶石《はうせき》か何《なん》ぞのやうにかゞやいてゐました。

門《もん》の前《まへ》の栗《くり》の葉《は》がはら〲と落《お》ちて來《き》ました。

高《たか》い空《そら》を渡《わた》り鳥《どり》がたゞ一羽《いちは》寂《さび》しさうに鳴《な》いて行《ゆ》きました。

寂《さび》しい鳥《とり》の影《かげ》が小《ちひ》さな小《ちひ》さな、黑《くろ》いぽつちりした一つの點《てん》のやうになるまで、二郎《じらう》は鳥《とり》を見送《みおく》つてゐました。

二郎《じらう》が空《そら》ばかり見上《みあ》げてゐる間《ま》に、ふと二郎《じらう》の傍《そば》を人《ひと》が歩《ある》いて行《ゆ》く音《おと》がしました。

二郎《じらう》は『學校《がくかう》のお友《とも》だちか知《し》ら』と思《おも》つて、道《みち》の方《はう》を見《み》ました。

一人《ひとり》の男《をとこ》が馬《うま》を曳《ひ》いて來《く》るのでした。

男《をとこ》は栗《くり》の木《き》に馬《うま》をつないで、馬《うま》の背《せなか》から袋《ふくろ》を出《だ》して、袋《ふくろ》のなかの麥《むぎ》と秣《まぐさ》を食《た》べさせました。

馬《うま》はおいしさうに食《た》べました。

一疋《ぴき》の瘦犬《やせいぬ》が黍《きび》の畑《はたけ》から、ひよろ〳〵と歩《ある》いて來《き》ました。

犬《いぬ》は欲《ほ》しさうに馬《うま》のそばに近寄《ちかよ》つて行《ゆ》きました。

馬《うま》はさくさくとおいしさうな音《おと》をさせながら食《た》べました。

犬《いぬ》はちよつと袋《ふくろ》のなかをのぞいて見《み》ては、恐《こわ》さうに馬《うま》から離《はな》れました。

馬《うま》が前脚《まへあし》を上《あ》げたり、尾《を》を振《ふ》つたりするたんびに瘦犬《やせいぬ》はとびあがつて、逃《に》げました。

逃《に》げてはまた、馬《うま》のそばへ近寄《ちかよ》つて來《き》ました。

馬《うま》はすつかり麥《むぎ》と秣《まぐさ》を食《た》べてしまひました。

男《をとこ》は栗《くり》の木《き》から馬《うま》の綱《つな》を解《と》いて、馬《うま》をつれて行《い》つてしまひました。

瘦犬《やせいぬ》は馬《うま》が食《た》べこぼして行《い》つた麥《むぎ》や秣《まぐさ》を、鼻《はな》の先《さき》で嗅《か》いで見《み》るやうにしました。

しかし、瘦犬《やせいぬ》に食《た》べられるものは何《なん》にもなかつたので、つまらなさうに顔《かほ》を上《あ》げて、あたりを見《み》まはしました。

瘦犬《やせいぬ》の眼《め》には寂《さび》しい涙《なみだ》がこぼれてゐるやうに思《おも》はれました。

瘦犬《やせいぬ》は頭《あたま》を垂《た》れて黍畑《きびばたけ》の方《はう》へひよろひよろと歩《ある》いて行《ゆ》きかけました。

二郎《じろう》は瘦犬《やせいぬ》が可哀《かあい》さうでなりませんでした。

二郎《じろう》は低《ひく》く口笛《くちぶえ》を吹《ふ》きました。

瘦犬《やせいぬ》はまたひよろ、ひよろと門《もん》の方《はう》へ歩《ある》いて來《き》て、二郎《じろう》の前《まへ》に、ちよこなんと坐《すわ》りました。

瘦犬《やせいぬ》の寂《さび》しさうな眼《め》が、二郎《じろう》を見《み》つめました。

二郎《じろう》はカバンのなかのお握《にぎ》りを一《ひと》つ出《だ》して瘦犬《やせいぬ》にやりました。

瘦犬《やせいぬ》はまたゝく間《ま》に食《た》べてしまひました。そして、お腹《なか》がくちくなつたと見《み》えて、二郎《じろう》の袴《はかま》を嚙《か》む眞似《まね》をしたりしてふざけました。

×

テン　テン、テン、テン……

森《もり》の方《はう》から寂《さび》しい太鼓《たいこ》の音《おと》がきこえました。

可愛《かあい》い角兵衛獅子《かくべゑじし》が太鼓《たいこ》をたゝきながら、やつて來《き》ました。

角兵衛獅子《かくべゑじし》は足袋《たび》もはかないで、片《かた》ちんばの下《げ》駄《た》をはいてゐました。

角兵衛獅子《かくべゑじし》は、泣《な》いてゐました。

『何《ど》うしたの？』

と、二郎《じろう》がたづねました。

『昨日《きのふ》お父《とつ》ちやんが逃《に》げちやつたので、昨夜《ゆんべ》から何《なん》にも食《た》べないんで……』と言《い》つて、角兵衛獅子《かくべゑじし》はまた、すゝり上《あ》げて泣《な》きました。

二郎《じろう》は、またカバンのなかのお握《にぎ》りを出《だ》して、角兵衛獅子《かくべゑじし》にやりました。

角兵衛獅子《かくべゑじし》は、おいしさうにお握《にぎ》りを食《た》べて、うれしさうににつこり笑《わら》ひながら、歩《ある》いて行《ゆ》きました。

テン、テン、テン、テン……

角兵衛獅子《かくべゑじし》の寂《さび》しい太鼓《たいこ》の音《おと》が、しばらくきこえてゐました。

二郎《じらう》のお友《とも》だちも、集《あつ》まつて來《き》ました。

山《やま》からは、お日《ひ》さまが出《で》ました。

栗《くり》の木《き》では、頰白《ほゝじろ》がしきりと啼《な》きはじめました。

小使《こづかひ》さんが來《き》て、門《もん》をあけてくれたので、みんなと一緒《いつしよ》に二郎《じらう》も學校《がくかう》のなかへ、はいつて行《ゆ》きました。

×

お正午《ひる》になりました。

村《むら》の工場《こうば》の可愛《かはい》い汽笛《きてき》が鳴《な》りました。

鐘《べル》が鳴《な》りました。

皆《みんな》はお辨當《べんたう》を出《だ》して、おいしさうに食《た》べました。

二郎《じら》もカバンからお握《にぎ》りを出《だ》さうとしました。

しかし、カバンには一《ひと》つも、お握《にぎ》りはのこつてゐませんでした。

『あゝ、さうだつた！』と二郎《じらう》は口《くち》のなかで、言《い》ひました。

今朝《けさ》逢《あ》つた瘦犬《やせいぬ》や、寂《さび》しい角兵衛獅子《かくべゑじし》の姿《すがた》が、二郎《じらう》の心《こゝろ》にうかんで來《き》ました。

二郎《じらう》は、うれしさうにふざけて歸《かへ》つて行《い》つた瘦《やせ》犬《いぬ》や、につこり笑《わら》つてわかれて行《い》つた角兵衛獅子《かべゑじし》の顏《かほ》を思《おも》ひ出《だ》しました。

二郎《じらう》は、うれしいやうな、ひとりでに笑《わら》つて見《み》たいやうな心持《こゝろもち》になりました。

テン、テン、テン、テン……

角兵衛獅子《かくべゑじし》の太鼓《たいこ》の音《おと》が二郎《じらう》の耳《みゝ》には、いつまでも響《ひゞ》いて來《く》るやうに思《おも》はれました。

二郎《じらう》は、ちつともひもじいとは、思《おも》ひませんでした。

二郎《じらう》は、誰《たれ》よりも幸福《かうふく》さうな顏《かほ》をして、運動場《うんどうば》に出《で》かけて行《ゆ》きました。（をはり）

太陽《たいやう》をとつた話《はなし》

橘　逸雄

アメリカが、まだ今日《こんにち》のやうに開《ひら》けない、ずつと、ずつと昔《むかし》のお話《はなし》です。そのじぶんは、今日《こんにち》とちがつて、黒《くろ》ん坊《ばう》の土人《どじん》ばかり住《す》んでをりました。そのころ、ある山《やま》おくの谷《たに》あひに、土人《どじん》が大勢《おほぜい》集《あつ》まつて村《むら》の様《やう》に住《すま》つてゐる一《ひと》つの部落《ぶらく》がありました。その部落《ぶらく》は、晝《ひる》も夜《よる》もまつくらで、その上《うへ》、大《たい》へん寒《さむ》くつて、それは〳〵、不愉快《ふゆくわい》なところでありました。それでも、そこに住《す》んでゐる人々《ひとびと》は、もうなれてしまつて、そんなに不愉快《ふゆくわい》にも思《おも》ひませんでした。その部落《ぶらく》に一人《ひとり》の若者《わかもの》が

ありました。その若者《わかもの》ばかりは、自分《じぶん》の部落《ぶらく》が、不愉快《ふゆくわい》で、不愉快《ふゆくわい》でたまりませんでした。どうかして、もつとあかるい、あつたかい、そして氣《き》もちのよい所《ところ》を、見《み》つけたいものだと思《おも》つて、若者《わかもの》は毎日《まいにち》々々山《やま》の中《なか》をあちら、こちら、さがしてをりました。

ところが、ある日《ひ》、ひよつくりと、山《やま》の麓《ふもと》に出《で》ました。そこにもやつぱり、土人《どじん》の住《すま》つてゐる部落《ぶらく》がありました。その部落《ぶらく》は、あかるいあつたかい、そして大《たい》そう氣《き》もちのよいところでした。若者《わかもの》はふしぎに思《おも》つて、その部落《ぶらく》の中《なか》へ、ずんずんは入《い》つて行《ゆ》きました。すると、見《み》るもの、聞《き》くもの、ことごとく、ふしぎなものばかりです。若者《わかもの》はあたまの中《なか》がひつくりかへるほど、おどろきました。なかでも、一《いら》ばん若者《わかもの》をおどろかしたものは、「火《ひ》」といふものです。それは御馳走《ごちそう》をこしらへたり、あかりをつけたりする大《たい》そう便利《べんり》なものであつたからです。しかし、もつと若者《わかもの》をおどろかしたものは、その火《ひ》から造《つく》つた、「太陽《たいやう》」といふものでありました。この部落《ぶらく》が、あかるくつてそして大《たい》そう氣《き》もちのよいのは、太陽《たいやう》のおかげであるといふことを聞《き》いて、若者《わかもの》は、急《きう》に太陽《たいやう》がほしくなりました。

若者《わかもの》は、いそいで自分《じぶん》の部落《ぶらく》へかへりました。そして、部落《ぶらく》の人達《ひとたち》

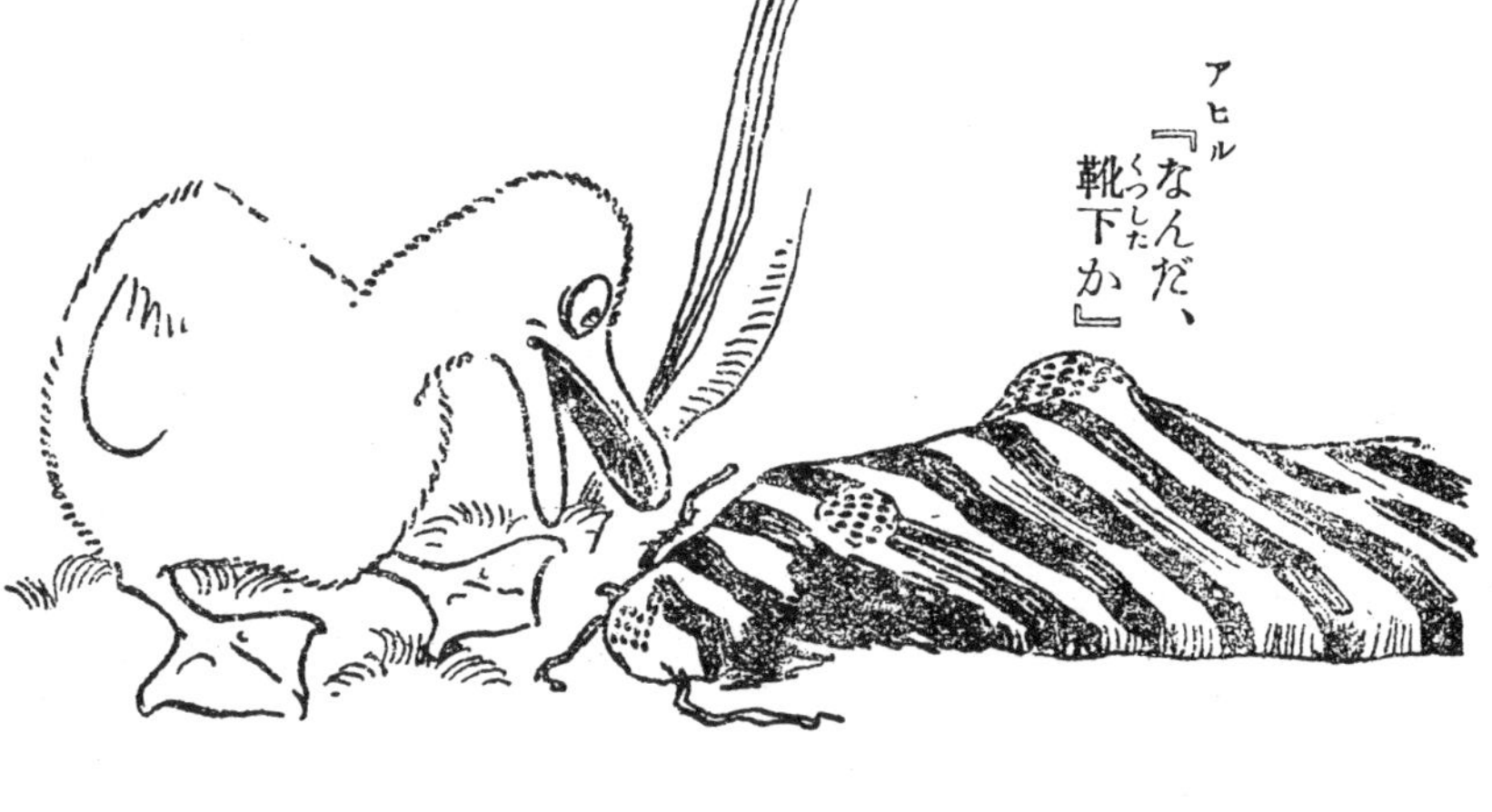

の頭《かしら》になつてゐる酋長《しうちやう》に會《あ》つて、自分《じぶん》の見《み》てきた事《こと》、聞《き》いてきた事《こと》を一つ一つ話《はな》しました。中《なか》でも、太陽《たいやう》については、一段《だん》と力《ちから》をこめて、

「酋長様《しうちやうさま》、私《わたし》は、「太陽《たいやう》」といふ不思議《ふしぎ》なものを、見《み》て參《まゐ》りました。もし太陽《たいやう》といふものがありましたら、この部落《ぶらく》は明《あか》るくつて、あつたかくつて、それは〱心地《こゝち》よい處《ところ》となります。」と言《い》つて、若者《わかもの》は酋長《しうちやう》に太陽《たいやう》の說明《せつめい》を熱心《ねつしん》にしました。

けれど、太陽《たいやう》を見《み》たことのない酋長《しうちやう》には、それがどんなものだか、一寸《ちつと》も分《わか》りませんでしたから、太陽《たいやう》を買《か》つて來《こ》いとも、貰《もら》つて來《こ》いとも、言《い》ひませんでした。

しかし、若《わか》ものは、太陽《たいやう》がほしくて、ほしくて、たまらないので、また、麓《ふもと》の部落《ぶらく》へ出《で》かけて行《ゆ》きました。行《い》つて見《み》ると、ます〱ほしくなるばかりですから、また、自分《じぶん》の部落《ぶらく》へかへつて來《き》て、酋長《しうちやう》に會《あ》ひました。そして再《ふたた》び、太陽《たいやう》の必要《ひつえう》を、熱心《ねつしん》に話《はな》しました。酋長《しうちやう》も、若者《わかもの》があまり熱心《ねつしん》なので、とう〱若者《わかもの》の言葉《ことば》に從《したが》つて、

「そんなに欲《ほ》しいものなら、行《い》つて買《か》つて來《く》るがよい」と言《い》ひました。

若者《わかもの》は、酋長《しうちやう》の言葉《ことば》を聞《き》くと、大喜《おほよろこ》びで、飛《と》ぶやうに麓《ふもと》の部落《ぶらく》へ行《ゆ》きました。若者《わかもの》は、都落《ぶらく》の人々《ひとびと》に會《あ》ふたんびに、

アヒル

『向《むか》ふからヒヨッ子が來《き》た、おどかしてやらう、』

「太陽《たいやう》を賣《う》つてくれませんか。」
「太陽《たいやう》を賣《う》つてくれませんか。」　とたのんで見《み》ました。けれど、誰一人《たれひとり》まじめに相手《あひて》になつて、賣《う》らうと言《い》つてくれる者《もの》がありませんでした。若者《わかもの》はがつかりして、すご〳〵、自分《じぶん》の部落《ぶらく》へかへつて來《き》ました。

それから後《のち》も、若者《わかもの》はどうかして、太陽《たいやう》を手《て》に入《い》れたいと思《おも》つて、色々《いろ〳〵》考《かんが》へて見《み》ました。けれど、一つもよい方法《はうはふ》が見《み》つかりませんでした。そこで、とう〳〵「とつて來《き》てやらう」と決心《けつしん》しました。さうは決《けつ》心《しん》したものの、太陽《たいやう》の番人《ばんにん》は、一日中《いちにちぢう》たつた二三分《にさんぷん》しか眠《ねむ》りません。

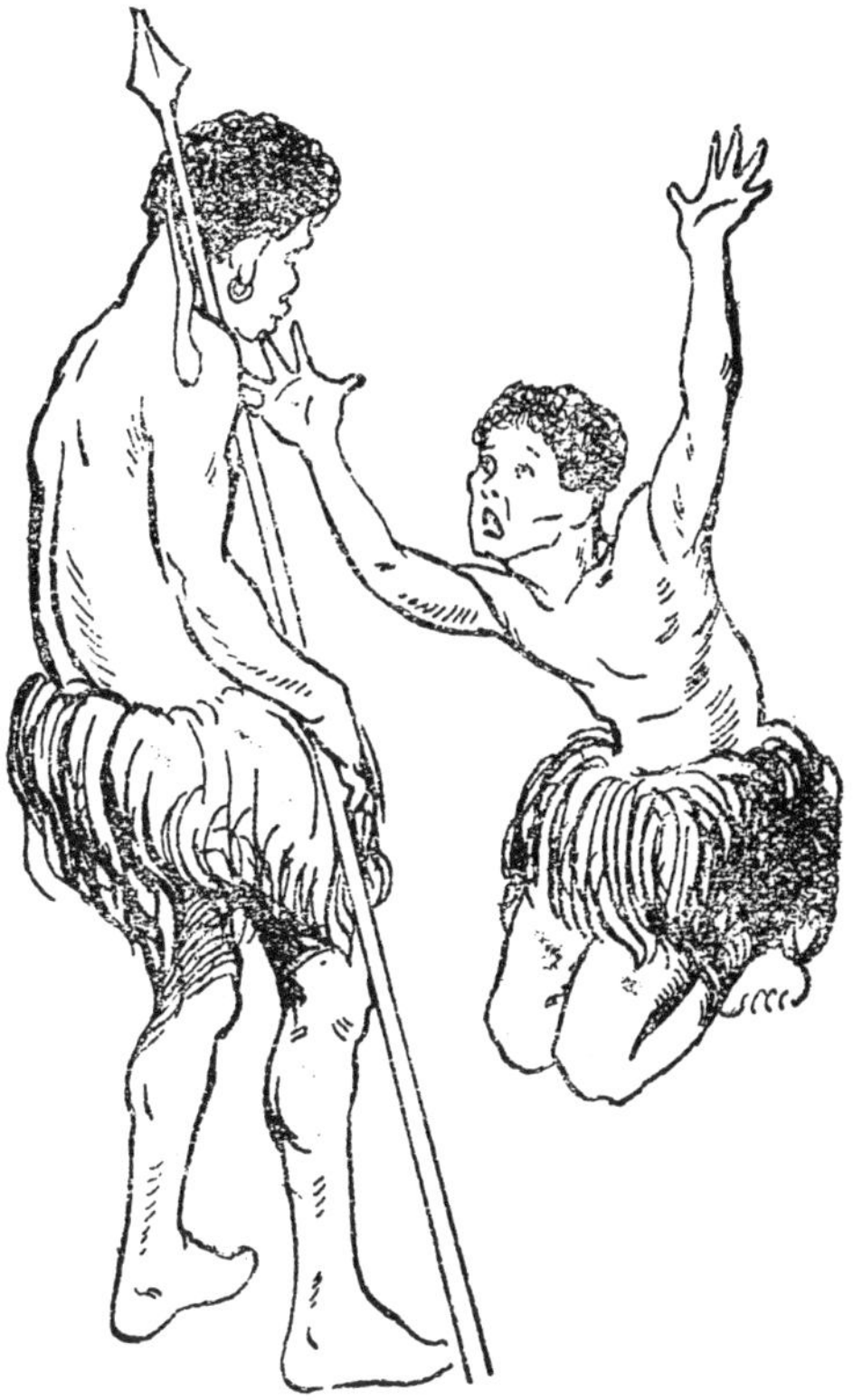

そして、その間《あひだ》でも、片眠《かため》を開《あ》けてゐるので、なか／＼すきがないのです。ですから果《はた》して巧《うま》くとつて來《こ》られるかどうか分《わか》りませんでした。

このやうに、若者《わかもの》はいろ／＼と考《かんが》へてゐましたが、そのうちに、よい考《かんがへ》がうかんだと見《み》えて、太陽《たいやう》をとりに出《で》かけました。

若者《わかもの》が、麓《ふもと》の部落《ぶらく》へつきますと、ちやうど、部落《ぶらく》の人々《ひと／＼》はみんな、狩獵《かり》に出《で》て留守《るす》でした。そこで、若者《わかもの》はにはかに、魔術《まじゆつ》をつかつて、樫《かし》の木《き》になりました。そして、人々《ひと／＼》の通《とほ》りさうな路《みち》ばたに、横《よこた》つてをりました。ちやうどそこへ、若者《わかもの》の待《ま》ちかまへてゐた、太陽《たいやう》の番人《ばんにん》が

やって來《き》ました。で、樫《かし》の木《き》になつてゐた若者《わかもの》は、喜《よろこ》んでをりますと番人《ばんにん》は樫《かし》の木《き》を見《み》つけて、「これはよい薪《たきゞ》になる」と言《い》ひながら、ひろつて歸《かへ》りました。番人《ばんにん》は家《うち》へ歸《かへ》ると、さつそく、ひろつて歸《かへ》つた樫《かし》の木《き》を折《を》つて火《ひ》の中《なか》へくべました。

若者《わかもの》は、火《ひ》の中《なか》で、ぼう〳〵もえながら、一生《いつしやう》けんめいになつて、熱《あつ》いのをがまんしながら、番人《ばんにん》のすきをうかがつてをりました。すると、番人《ばんにん》はうと〳〵眠《ねむ》りかけました。若者《わかもの》は、「こゝだ」と思《おも》つて、急《きふ》に火《ひ》の中《なか》から、とび上《あが》りました。そして、太陽《たいやう》をこつそりとつて、自《じ》分《ぶん》の部落《ぶらく》へ歸《かへ》りました。

若者《わかもの》は、太陽《たいやう》を自分《じぶん》の部落《ぶらく》の人々《ひと〴〵》に見《み》せて、喜《よろこ》ばしてやらうと思《おも》つて、とくいになつて歸《かへ》りました。

しかし、部落《ぶらく》の人々《ひと〴〵》は、あんまり急《きふ》に明《あか》るくなつたので、みんな、「眼《め》がいたい、眼《め》がいたい」といつて逃《に》げまはりました。そこで、若《わか》者《もの》はおどろいて、これではいかぬと思《おも》ひ、いろ〳〵考《かんが》へた末《すゑ》、西《にし》の空《そら》に孔《あな》をあけて、太陽《たいやう》をおとしました。しかしおとしただけではいけないので、また、東《ひがし》の空《そら》に孔《あな》をあけて、太陽《たいやう》の出《で》るやうにしました。

それから後《のち》、この部落《ぶらく》は、ちやうどよい工合《ぐあひ》にあかるく、あつたかくなつたので、人々《ひと〴〵》は大《たい》そう愉快《ゆくわい》にくらすやうになりました。（をはり）

●「なんだ君《きみ》か」
○「なんだ君《きみ》か」

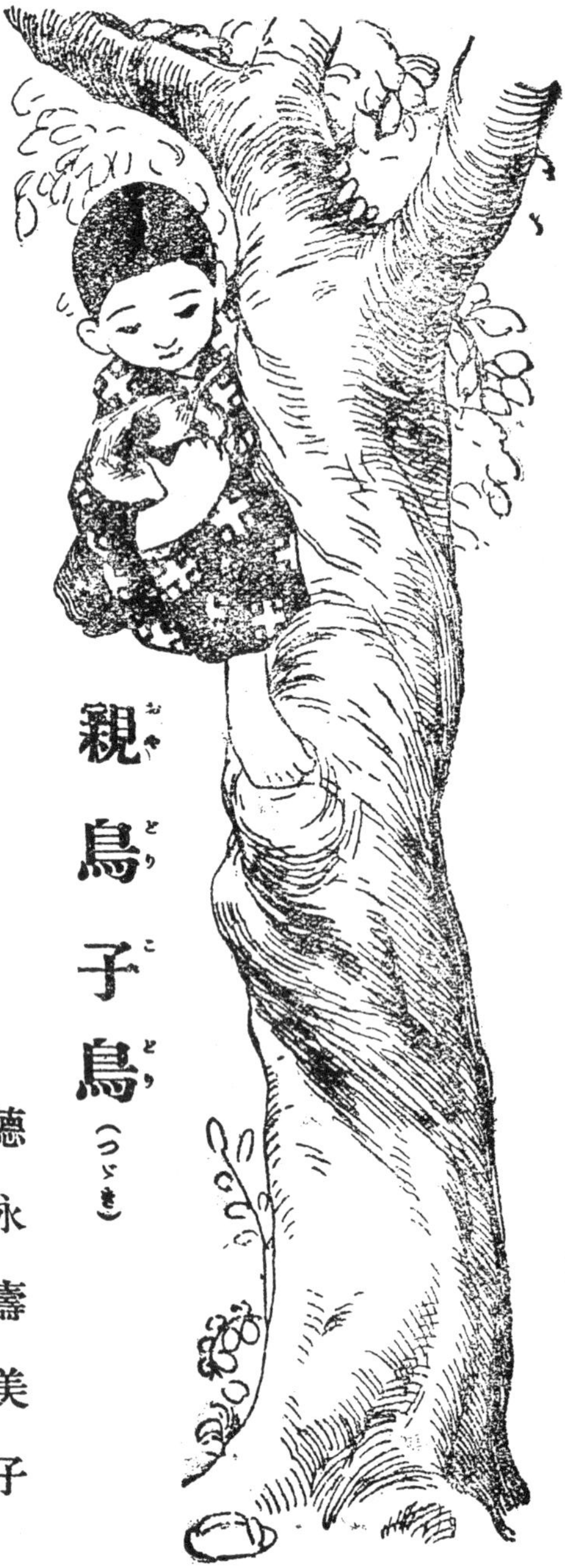

親《おや》鳥《どり》子《こ》鳥《どり》（つゞき）

徳永壽美子

『小鳥君《ことりくん》お早《はや》う。』と秀雄《ひでを》さんが、聲《こゑ》を掛《か》けました。

すると巣《す》の中《なか》から、ゆふべの母鳥《はゝどり》が、ひよつこりと頭《あたま》を出《だ》して、可愛《かはい》い聲《こゑ》でいひました。

『あゝ坊《ぼつ》ちやまですか。お早《はや》うございます。』

『どんなの子供《こども》は。』

『どうも好《よ》くございませんでね。』と母鳥《はゝどり》は心配《しんぱい》さうに言《い》つて首《くび》を傾《かし》げました。

『ぢやあ僕《ぼく》の家《うち》へ連《つ》れて來《き》たまへ。僕《ぼく》が一生懸命《しやうけんめい》に、手當《てあて》をして上《あ》げるから。』

『まあ／＼御親切様《ごしんせつさま》に。』

母鳥《はゝどり》はかう云《い》つて、嬉《うれ》しさうに細《ほそ》い尾《を》をぴよんぴよん振《ふ》りました。

そこで秀雄《ひでを》さんは、する／＼と椎《しひ》の木《き》に登《のぼ》つて巣《す》をとりはづしました。そして親子《おやこ》の鳥《とり》が入《はい》つたまゝ、そつとお家《うち》へ持《も》ち込《こ》みました。

見《み》ると小《ちひ》さな子供《こども》は、毛《け》もすつかり抜《ぬ》けて了《しま》ひ骨《ほね》ばかりのやうにやせこけて、ぐつたりと寢《ね》て居《な》りました。秀雄《ひでを》さんは思《おも》はず、

『ほう、これは大變《たいへん》だ。』と言《い》ひました。が、母鳥《はゝどり》が目《め》に涙《なみだ》を一《いつ》杯《ぱい》溜《た》めて、悲《かな》しさうにしてゐるのを見《み》ると、直《す》ぐにまた、『だけどきつと治《なほ》るよ、僕《ぼく》が治《なほ》して見《み》せる。心配《しんぱい》しないで、僕《ぼく》に任《まか》せて置《お》きたまへ』と元氣《げんき》よく云《い》ひ直《なほ》しました。

それから、秀雄《ひでを》さんは大《おほ》きな鳥籠《とりかご》へ、柔《やはら》かい藁《わら》を敷《し》いて、親子《おやこ》の鳥《とり》を移《うつ》しました。そして茶《ちや》の間《ま》の縁側《えんがは》の隅《すみ》に置《お》いて、毎日《まいにち》〳〵熱心《ねつしん》に世話《せわ》をしました。寶丹《ほうたん》をのませたり、牛乳《ぎうにう》をやつたり、茹卵《ゆでたまご》の黄味《きみ》をくづしてやつたり、お菜《な》を擂《す》りつぶしてやつたり、また溫《あたゝ》かい藥湯《くすりゆ》にも入《い》れてやりました。

かうして、十日《か》ばかりたつうちに、子供《こども》はすつかり、丈夫《ぢやうぶ》になつて來《き》ました。ふく〳〵と太《ふと》つて毛《け》も短《みじか》く生《は》え揃《そろ》ひました。細《ほそ》い細《ほそ》い足《あし》で、とちとちと歩《ある》いたりしました。母鳥《はゝどり》はそれを眺《なが》めては嬉《うれ》し泣《な》きに泣《な》いて、小《ちひ》さな涙《なみだ》の粒《つぶ》を、ぽろぽろとこぼして居《を》りました。

丁度《ちやうど》その頃《ころ》から、秀雄《ひでな》さんのお母樣《かあさま》の御《ご》病氣《びやうき》は、ずつと惡《わる》くなつて、毎晩《まいばん》苦《くる》しまれました。ある晩《ばん》のこと、ことにひどい熱《ねつ》が出《で》て、大變《たいへん》に苦《くる》しがつてゐらつしやいましたが秀雄《ひでを》さんは晝間《ひるま》のうち、半道《はんみち》もあるお醫《い》

者様《しやさま》の處《ところ》まで、二度《にど》までもお薬《くすり》とりに行《い》つたりしましたので、すつかり疲《つか》れて、何《なに》も知《し》らずに眠《ねむ》つてゐました。

すると籠《かご》の中《なか》で、うと〳〵としてゐた親鳥《おやどり》は、そつと起《お》き上《あが》つて、病室《びやうしつ》へ飛《と》んで行《ゆ》きました。そして熱《ねつ》で火《ひ》のやうになつてゐる、お母様《かあさま》のまはりを、羽《はね》であふぎながら、ぐる〳〵と廻《まは》りました。それからごく小《ちひ》さな澄《す》んだ聲《こゑ》で、色々《いろ〳〵》な珍《めづ》らしい歌《うた》をうたひました。そのうちにお母様《かあさま》が、

『あゝ、なんていふ好《い》い心持《こゝろもち》になつたのだらう。』

とほつとしたやうに、ひとりごとを云《い》つて、すやすやと安《やす》らかに眠《ねむ》つてお了《しま》ひになつたので、小鳥《ことり》は何《なん》とも云《い》へない嬉《うれ》しさうな顔《かほ》をしました。そして、その一晩中《ひとばんぢう》枕元《まくらもと》にゐて靜《しづ》かに歌《うた》をうたひ乍《なが》ら、羽《はね》であふいで居《を》りましたが、夜《よ》が明《あ》けさうになると、急《いそ》いで籠《かご》へ歸《かへ》つてしまひました。

小鳥《ことり》はかうして幾晩《いくばん》も〳〵、看護《かんご》に夜《よ》をあかして居《を》りました。

お母様《かあさま》は、毎晩《まいばん》〳々夢《ゆめ》の中《なか》で、身《み》も心《こゝろ》も洗《あら》はれるやうな、涼《すゞ》しい風《かぜ》に吹《ふ》かれました。また樂《たの》しく晴《は》れ晴《ば》れした、歌《うた》の聲《こゑ》を聞《き》きました。それを、いかにも不思議《ふしぎ》な事《こと》に思《おも》つて、ゐらつしやいましたが、御病氣《ごびやうき》は一日《にち》ましに、ずん〳〵よくなつてゆくのでした。

處《ところ》がある晩《ばん》の事《こと》でした。小鳥《ことり》はいつものやうに羽《はね》であふぎながら、好《い》い聲《こゑ》で歌《うた》をうたつてゐましたが、自分《じぶん》で自分《じぶん》の歌《うた》の面白《おもしろ》さにつり込《こ》まれました。そして、夢中《むちゆう》になつてゐた間《ま》に、いつか夜《よ》が明《あ》けて了《しま》ひました。そして朝日《あさひ》の爽《さはや》かな光《ひか》りが、お母様《かあさま》の安《やす》らかな寢顔《ねがほ》の上《うへ》に、眞直《まつすぐ》にさしました。小鳥《ことり》は我知《われし》らず透通《すきとほ》るやうな清《きよ》い聲《こゑ》で、高《たか》く啼《な》きました。

『おてんとう様《さま》、おてんとう様《さま》。どうぞ親切《しんせつ》な坊《ぼつ》ちやまの、大事《だいじ》なお母様《かあさま》の御病氣《ごびやうき》を、今日《けふ》かぎり治《なほ》してお上《あ》げ下《くだ》さいまし。』

この時《とき》、お母様《かあさま》はぽつかり目《め》を覺《さ》まされました。そして樂《たの》しさうなお顔《かほ》で、床《とこ》の上《うへ》に勢《いきほひ》よく起《お》き上《あが》られました。それを見《み》ると、すぐそばの床《とこ》で、目《め》を覺《さ》まして飛《と》び起《お》きた秀雄《ひでを》さんは、吃驚《びつくり》して、大《おほ》きな聲《こゑ》で云《い》ひました。

『あらお母様《かあさま》、お起《お》きになれるの。』

するとお母様《かあさま》は優《やさ》しくほほ笑《ゑ》みながら、

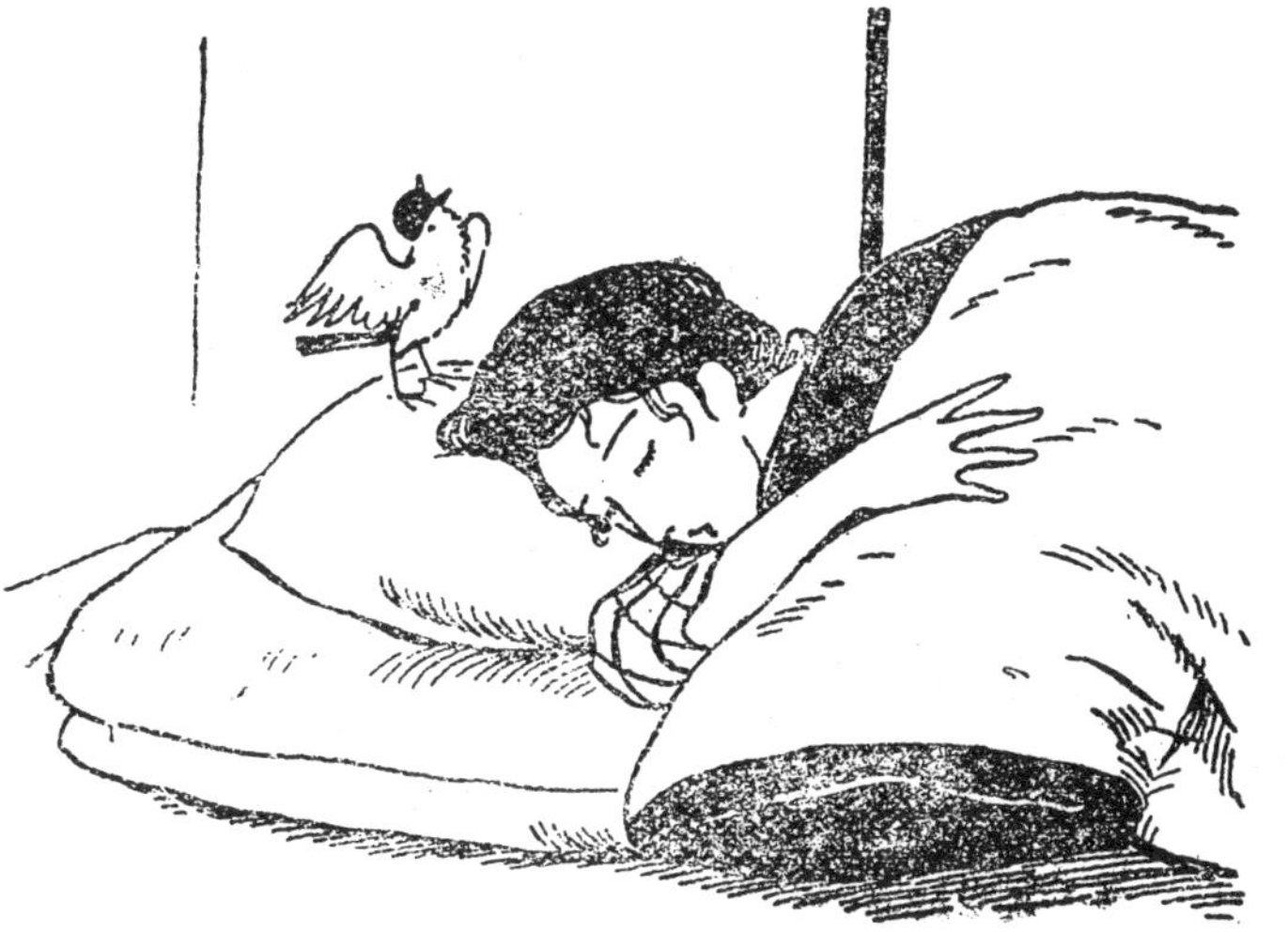

『秀雄《ひでを》ちやん、お母《かあ》さんはもうすつかり、よくなつたの、もう今日《けふ》から起《お》きますよ。あなたには永《なが》い間《あひだ》、隨分心配《ずゐぶんしんぱい》をかけましたねえ、でもよく看護《かんご》してくれました。ありがたう。』

かう云《い》つて、秀雄《ひでを》さんの手《て》をしつかりとお握《にぎ》りになりました。

『嬉《うれ》しいな、嬉《うれ》しいな。お母《かあ》さんが治《なほ》つて嬉《うれ》しいな。』

秀雄《ひでを》さんはかう歌《うた》のやうにうたひながら、ぴよんぴよんはね廻《まは》りました。茶《ちや》の間《ま》では、親子《おやこ》の小鳥《ことり》が聲《こゑ》を揃《そろ》へて、さも樂《たの》しさうにピツピ〳〵と美《うつく》しい聲《こゑ》でさへずり交《かは》してゐました。

（をはり）

冬《ふゆ》の日《ひ》

野口雨情

賢《かしこ》くて、皆《みんな》に可愛《かあい》がられた文《ふみ》ちやんは、去年《きよねん》の十二月《ぐわつ》母《おかあ》さんにわかれ、今《いま》は信濃《しなの》の國《くに》にをります今年《ことし》七歳《なゝつ》の少女《せうぢよ》です

ここの屋敷《やしき》は
空《あき》屋《や》敷《しき》
文《ふみ》ちやん生《うま》れた 茨城《いはらき》の
元《もと》の屋敷《やしき》も
空《あき》屋《や》敷《しき》

ここの畑《はたけ》は
桐《きり》畑《はたけ》
文《ふみ》ちやん生《うま》れた 茨城《いはらき》の
脊戸《せど》の畑《はたけ》も
桐《きり》畑《はたけ》

ここの姉《あね》さん
日和下駄《ひよりげた》
文《ふみ》ちやん生《うま》れた 茨城《いはらき》の

茶屋《ちやや》の娘も
日《ひ》和《より》下《げ》駄
ここの柱《はしら》は
木《き》の柱《はしら》
文《ふみ》ちゃん生《う》まれた　茨城《いはらき》の
元《もと》の御門《ごもん》も
木の柱《はしら》

お月様《つきさま》のおはなし

長田秀雄

皆《みな》さん、此頃《このごろ》はお月《つき》さまが、丁度《ちやうど》、キユウピイさんの眼《め》のやうに、まん丸《まる》に照《て》りかゞやいてゐらつしやいますね。

ある晩《ばん》、お月《つき》さまがわたくしに、こんなお話《はなし》をしてくださいました。

わたしは、雲《くも》さへなければ、毎晩《まいばん》かうやつて、ぢいつと、地球《ちきゆう》の上《うへ》を見《み》てゐますから、いろんな面白《おもしろ》い事《こと》や怖《おそろ》しい事《こと》や、悲《かな》しい事《こと》を見《み》ます。汝《なまへ》さんに、一つ、その内《なか》で、一番《ばん》面白《おもしろ》かつたお話《はなし》をしませうね。

やはり今夜《こんや》のやうな晴《は》れた美《うつ》くしい晩《ばん》でした。わたしは何時《いつ》もの通《とほ》りキチンとこの森《もり》の上《うへ》へ顔《かほ》を出《だ》しました。萩《はぎ》の花《はな》がさきこぼれて、その上《うへ》に、露《つゆ》がキラキラ光《ひか》つて

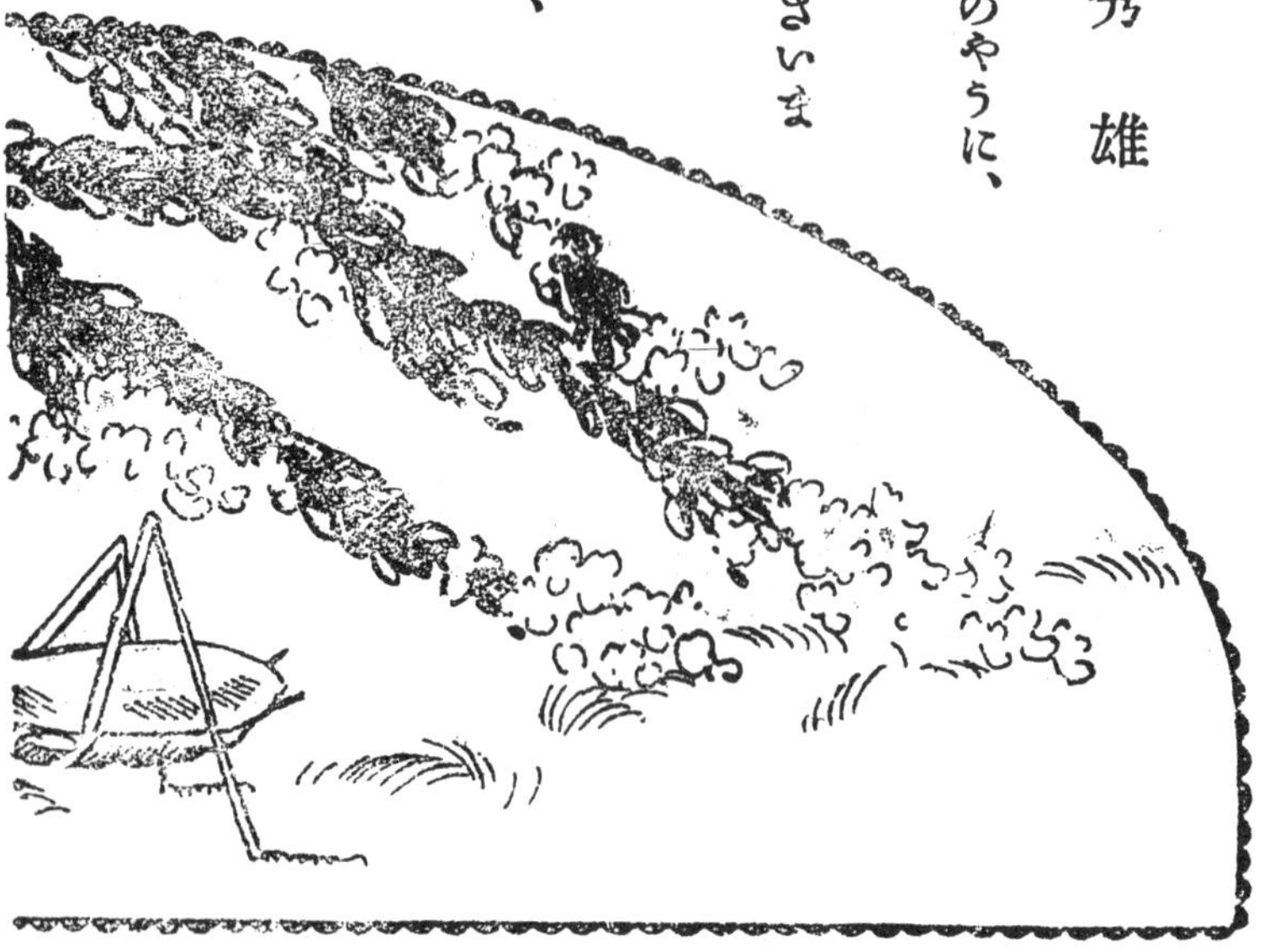

ゐる廣《ひろ》い庭《には》が、すぐ、わたしの下《した》に見《み》えました。こほろぎが悲《かな》しさうな聲《こゑ》で、長《なが》い鬚《ひげ》を顫《ふる》はして一生懸命《いつしやうけんめい》に唄《うた》を唄《うた》つてゐました。

まあ、何處《どこ》で、あんなに唄つてゐるんだらう、と、かう思《おも》つて、わたしは、諸方《はうばう》捜《さが》しました。こほろぎは、その萩《はぎ》の根元《ねもと》のところに、おとなしく坐《すわ》つて唄《うた》をうたつてゐたのです。

「おい、何《なん》だつて、そんなにメソメソ泣《な》いてばかりゐやがるんだい。喧《やか》ましいぢやないか。」と云《い》ふ憎《にく》てらしい聲《こゑ》がきこえたので、わたしは、吃驚《びつくり》して見《み》ますと、芝生《しばふ》の内《なか》から、大《おほ》きなかまきりが、一疋《ぴき》、ノソノソ出《で》て來《き》ました。

自分《じぶん》の身體《からだ》に似合《にあ》はないやうな、大《おほ》きな斧《をの》を持《も》つてゐます。こほろぎは、厭《いや》な奴《やつ》が出《で》てきたと思《おも》ひましたが、それでも柔《やさ》しく

「だつて淋《さび》しくて仕様《しやう》がないんだもの。」と、靜《しづ》かに答《こた》へました。

「淋《さび》しい。弱蟲《よわむし》だなあ。」と云《い》つて、かまきりは、大《おほ》きな聲《こゑ》で笑《わら》ひました。そして

「君《きみ》は一體《いつたい》意氣地《いくぢ》がなさすぎるよ。だから、そんなに淋《さび》しいんだよ。俺《おれ》をご覽《らん》。

一度《ど》も淋《さび》しいなんて考《かんが》へた事《こと》はありやしない。かうやつて、諸方《はうばう》歩《ある》き廻《まは》つて、癪《しやく》にさはる奴《やつ》だの、食物《たべもの》になりさうな奴《やつ》だのが見付《みつ》かると、すぐこの斧《をの》で切殺《きりころ》してムシャムシャ喰《た》べてやる。だから張《はり》合《あひ》があつて面白《おもしろ》くて耐《たま》らない。」と云《い》ひました。そして恐《おそ》ろして斧《をの》を振廻《ふりまは》してみせました。

「だつて、いくら甘味《うま》いつたつて、罪《つみ》も何《なに》もない者《もの》を殺《ころ》して喰《た》べるのは、いい事《こと》ぢやないぢやないか。」とこほろぎが、不平《ふへい》な顔付《かほつき》で答《こた》へました。すると、

「今時《いまどき》、そんな馬鹿馬鹿《ばかばか》しい遠慮《ゑんりよ》をしてゐた日《ひ》には、俺《おれ》たちは自分《じぶん》が飢死《かつゑじに》をしなければならない。かまふもんか。何《なん》でも喰《た》べてやるとも。」かう云《い》ひながら、かまきりは、ふと心《こころ》の内《うち》で考《かんが》へました。

「このこほろぎは、喰《た》べたらきつと甘味《うま》いぞ。今《こん》夜《や》は、まだ何《なん》にもたべないからお腹《なか》が空《す》いてゐる。一つ欺《だま》して殺《ころ》してやらう。」

かまきりの眼《め》は恐《おそ》ろしく光《ひか》つてきました。それを見《み》たこほろぎは、「此奴《こいつ》は餘程《よほど》惡《わる》い奴《やつ》だ。要心《ようじん》しないといけない。」と思《おも》ひました。

かまきりは、急《きふ》にニコニコして、

「どうだい。大《たい》へんに月《つき》がいいぢやないか。君《きみ》はそんな處《ところ》に引込《ひきこ》んでばかりゐるから、淋《さび》しくなつたりなんかするんだよ。こつちに出《で》て來《こ》ないか。一しよに散歩《さんぽ》でもしやうぢやないか。」と云《い》ひました。

「有難《ありがた》う。折角《せつかく》だけれども、まあ、僕《ぼく》は御免《ごめん》をかうむらう。またこの次《つぎ》に一しよに散歩《さんぽ》しやうよ。」と、何事《なにごと》もないやうにこほろぎは斷《ことは》りました。

「これはいけない。」と、かまきりは腹《はら》の内《なか》で考《かんが》へました。そして、自分《じぶん》だけで、庭《には》の眞中《まんなか》の方《はう》へ這《は》つて行《い》つて、遠《とほ》くから

「君《きみ》、此處《こゝ》に、君《きみ》の好《す》きな草《くさ》の露《つゆ》の甘味《うま》いのがあるぜ、一寸來《ちよつとき》て見《み》たまへ。」とさそひました。

　こほろぎは草《くさ》の露《つゆ》が大好《だいすき》でした。丁度氷水《ちやうどこほりみづ》のやうな冷《つめ》たい甘《あま》い草《くさ》の露《つゆ》を一滴《ひとしづく》嘗《な》める時《とき》の事《こと》を考《かんが》へると、もう耐《たま》らなくなりました。

「いくらかまきりだつて、まさか友《とも》だちの俺《おれ》を殺《ころ》して喰《た》べもしまい。出《で》て行《い》つて、一つ御馳走《ごちそう》に有《あ》りつかうかな。」と、可哀《かあい》さうなこほろぎは考《かんが》へるやうになりました。そしてとうとうおびき出《だ》されました。

　こほろぎが、何《なん》の氣《き》もなしに、庭《には》の眞中《まんなか》の芝生《しばふ》の方《はう》へ行《ゆ》きますと、芝草《しばくさ》の蔭《かげ》でかまきりが大《おほ》きな眼《め》を光《ひか》らせて、斧《をの》を振上《ふりあ》げて待伏《まちぶ》せしてゐました。驚《おどろ》いてすくんでしまつたこほろぎは

「かまきりさん。君《きみ》は僕《ぼく》を殺《ころ》すのですか。友達《ともだち》の僕《ぼく》を。」と、訊《き》きました。

「あたりまへよ。友《とも》だちだらうが何《なん》だらうが、腹《はら》が空《す》いた時《とき》には容赦《ようしや》が出來《でき》るもんか。殺《ころ》して喰《た》べるのだ。」と、かまきりは憎《にく》てらしい聲《こゑ》で云《い》ひました。もう、どうする事《こと》も出來《でき》ません。武器《ぶき》を持《も》つてゐないこほろぎは、たゞ、ぢいつとしてゐて、かまきりに殺《ころ》されるばかりです。

　そこでこほろぎは、悲《かな》しい聲《こゑ》で細々《ほそ〴〵》と唄《うた》をうたひだしました。

こほろぎ、こほろぎ、こほろぎよ、
わたしは弱《よわ》いこほろぎよ、
斧《をの》もなければ、牙《きば》もない。

こほろぎ、こほろぎ、こほろぎよ、
わたしは弱《よわ》いこほろぎよ、
爪《つめ》も鋏《はさみ》も持《も》ちませぬ。

　かまきりは唄《うた》を訊《き》いても少《すこ》しも感《かん》じませんでし

た。そして

「さあ、覺悟《かくご》しろ。」と云《い》つて、じりじりと傍《そば》へ寄《よ》つて來《き》ました。芝草《しばくさ》の葉《は》には、透通《すきとほ》るやうな露《つゆ》が、お月《つき》さまの光《ひかり》をうけて輝《かゞや》いてゐました。いよいよ殺《ころ》されると云《い》ふのでこほろぎは、血《ち》をしぼるやうな聲《こゑ》で、最後《さいご》の唄《うた》をうたひ出《だ》しました。

　こほろぎ、こほろぎ、こほろぎよ、
　わたしは弱《よわ》いこほろぎよ、
　何時《いつ》も淋《さび》しく泣《な》くばかり。

庭中《にはぢう》の蟲《むし》は、この美《うつ》くしい悲《かな》しいこほろぎの唄《うた》に耳《みゝ》をかたむけました。そして、こほろぎを可哀《かあい》さうだと思《おも》ひました。

丁度《ちやうど》、その時《とき》、お庭《には》の芝生《しばふ》に眠《ねむ》つてゐた玉《たま》と云《い》ふ黒猫《くろねこ》が眼《め》をさましました。そしてお月《つき》さまの前《まへ》で、長《なが》い長《なが》い伸《の》びをしました。暗《くら》やみで物《もの》を見分《みわ》ける事《こと》の出來《でき》る玉《たま》は、欠伸《あくび》をしながら、斧《をの》をふり上《あ》げてゐるかまきりを見付《みつ》けました。そして、こほろぎの悲《かな》しい唄《うた》をきゝました。

玉《たま》は忽《たちま》ちかまきりに躍《をど》りかゝりました。そしてかまきりを口《くち》にくはへたまゝ、ノソノソと、垣根《かきね》から出《で》て行《い》つ

てしまひました。

不思議《ふしぎ》に命《いのち》を救《たす》かつたこほろぎは、暫《しばら》くぼんやりしてゐましたが、また舊《もと》の萩《はぎ》の根元《ねもと》の處《ところ》へ這《は》つて歸《かへ》りました。そして、嬉《うれ》しさうに、かう云《い》つて唄《うた》ひました。

こほろぎ、こほろぎ、こほろぎよ、
わたしは弱《よわ》いこほろぎよ、
唄《うた》をうたつて、日《ひ》をくらす。

こほろぎ、こほろぎ、こほろぎよ、
わたしは弱《よわ》いこほろぎよ、
友《とも》をたづねて、泣《な》きまする。

お月《つき》さまが、かう話《はな》しておしまひなさると、生憎《あひにく》大《おほ》きな雲《くも》が來《き》て、お月《つき》さまをかくしてしまひました。それで、わたくしは、とうとう黒猫《くろねこ》の玉《たま》にくはへられた、かまきりの行衛《ゆくゑ》をうかがふ事《こと》が出來《でき》ませんでした。

（をはり）

喧嘩《けんくわ》の相《あひ》手

横山壽篤

一

むかし、江戸《えど》の品川《しながは》に鞋屋《わらぢや》の藤《とう》八と云《い》ふ氣《き》みぢかな男《をとこ》がありました。藤《とう》八は親《おや》もなければ子《こ》もありません、たゞ一人《ひとり》暮《くら》しでした。尤《もつと》も弟《おとうと》が一人《ひとり》ありましたが、それは大阪《おほさか》に住《す》んでゐて、傘屋《かさや》をしてゐると云《い》ふことでした。兄弟《きやうだい》は子供《こども》の時分《ときわか》れたきり、三十年餘《ねんあま》りも逢《あ》つたことがないのでした。

鞋屋《わらぢや》の藤《とう》八の店《みせ》は、お天氣《てんき》が續《つゞ》きさへすれば、繁昌《はんじやう》しましたが、雨《あめ》が降《ふ》ると暇《ひま》でした。もと〳〵氣《き》みぢかな藤《とう》八のことですから、雨降《あめふ》りは大嫌《だいきら》ひでした。しかし、天《てん》へ、さう云《い》つて行《い》く譯《わけ》にも行《ゆ》かないので、ぶつ〳〵云《い》ひながら、旅人《たびびと》の重《おも》さうな足《あし》を眺《なが》めては、ためいきをついてゐるのでした。ある日《ひ》のこと、藤《とう》八の嫌《きら》ひな雨《あめ》が、ビショビショと降《ふ》つてゐました。藤《とう》八はいつものやうに、天道《てんたう》さんを怨《うら》みながら、すぱりすぱりと煙草《たばこ》を吹《ふ》かしてゐましたが、ひよいと何《なに》か考《かんが》へついたやうに、煙《きせ》管《る》で煙草《たばこ》盆《ぼん》の縁《ふち》をポンと叩《たゝ》きました。

『さうだ弟《おとうと》は傘屋《かさや》を渡世《とせい》にしてゐると云《い》ふことだから、こんな雨《あめ》の日《ひ》には、きつと店《みせ》が繁昌《はんじやう》するであらう。つまり私《わし》の店《みせ》が暇《ひま》な時《とき》に、弟《おとうと》の店《みせ》は反對《はんたい》に繁昌《はんじやう》するのだ、そして又《また》、私《わし》の店《みせ》が繁昌《はんじやう》するお天氣《てんき》の日《ひ》には、弟《おとうと》の店《みせ》は暇《ひま》なのだ』と藤《とう》八は一人《ひとり》で感心《かんしん》してゐました。

『そこでだ、私《わし》と弟《おとうと》と一緒《しよ》になつて、店《みせ》を出《だ》したら、どんなものだらう、一年《ねん》三百六十五日《にち》、毎日《まいにち》毎日繁昌《まいにちはんじやう》するにちがひない。これは旨《うま》いことを考《かんが》へた、弟《おとうと》とも長《なが》く逢《あ》はぬから、あれも私《わし》に逢《あ》ひたいと思《おも》うてをるであらう。兎《と》に角《かく》一度《ど》逢《あ》つて、一緒《しよ》に店《みせ》を出《だ》すことを相談《さうだん》して見《み》よう』と、かう藤《とう》八は思《おも》ひました。さあ、さうなると、氣短《きみぢか》かな藤《とう》八のことですから、もう立《た》つても、ゐてもをられません。店《みせ》をすつかり片《かた》づけてゐる中《うち》に、雨《あめ》も幸《さいは》ひ歇《や》みましたので、家《うち》の戸《と》を皆《みんな》閉《し》めて、お隣《となり》へ留守《るす》を頼《たの》んで、旅仕度《たびじたく》もそこ〳〵に、鞋《わらぢ》を腰《こし》に十足《そく》ばかりぶら下《さ》げて、大阪《おほさか》をさして下《くだ》りました。

二

大阪《おほさか》の天滿《てんま》に住《す》んでゐる傘屋《かさや》の茂右衞門《もゑもん》は、兄《あに》の藤《とう》八とは違《ちが》つて、至《いた》つて氣長《きなが》な男《をとこ》でした。兄《あに》と同《おな》じやうに、矢張《やはり》一人《ひとり》暮《くら》しでした。茂右衞門《もゑもん》は、いつも氣長《きなが》に、雨《あめ》の降《ふ》るのを待《ま》つてゐました。雨《あめ》が降《ふ》りさへすれば、傘《かさ》がどん〳〵賣《う》れました。あるお天氣《てんき》の日《ひ》に、茂右衞門《もゑもん》は考《かんが》へました。『江戸《えど》の兄《あに》は鞋屋《わらぢや》をしてゐると云《い》ふことだから、こんなお天氣《てんき》の日《ひ》には繁昌《はんじやう》するだらうが、私《わし》の店《みせ》の繁昌《はんじやう》する雨《あめ》の日《ひ》には、兄《あに》の店《みせ》は駄目《だめ》だらうなあ。それでは兄《あに》と私《わし》と、一緒《しよ》に店《みせ》を開《ひら》いたらどうなるのだ。さうだ、年《ねん》が年中暇《ねんぢゆうひま》なしだ、不景氣《ふけいき》知《し》らずだ、繁昌《はんじやう》つゞきだ。これは面白《おもしろ》い、早速兄《さつそくあに》と相談《さうだん》して、店《みせ》を一緒《しよ》にしたいが、まてよ、兄《あに》は江戸《えど》の品川《しながは》、私《わし》はこの大阪《おほさか》の天滿《てんま》だ、急《きふ》には話《はなし》も出來《でき》ぬ。併《しか》し暫《しばら》く兄《あに》の顏《かほ》も見《み》ないから、逢《あ》つて見《み》たくもなつた、氣長《きなが》に是《こ》れから江戸《えど》まで相談《さうだん》に出《で》かけるとしよう』と弟《おとうと》の傘屋《かさや》茂右衛門《もゑもん》は、店《みせ》を閉《し》めきつて、近所《きんじよ》の人《ひと》に留守《るす》を頼《たの》んで、荷物《にもつ》と云《い》つたら商賣《しやうばい》ものの傘《からかさ》一本《ぽん》、紐《ひも》で兩端《りやうはし》を括《くゝ》つたのを、袈裟《けさ》掛《が》けにして、大坂《おほさか》を立《た》ちました。

氣長《きなが》な茂右衛門《もゑもん》のことですから、幾日《いくにち》も〳〵掛《か》ゝつて、やつと、「御油《ごゆ》の宿《しゆく》」に着《つ》きました。そして其處《そこ》の茶店《ちやみせ》に腰《こし》を掛《か》けて疲《つか》れた足《あし》を撫《さす》りながら、茶店《ちやみせ》のお婆《ばあ》さんが汲《く》んでくれたお茶《ちや》を飲《の》んでゐる處《ところ》へ、ひよつくり

『御免《ごめん》なされや』と挨拶《あいさつ》して、威勢《ゐせい》よく茶店《ちやみせ》に飛《と》び込《こ》んだ男《をとこ》がありました。

『さあ、お掛《か》けなさいませ、お疲《つか》れで御座《ござ》いませう』と茶店《ちやみせ》のお婆《ばあ》さんは懇《ねんご》ろにいつて、お茶《ちや》を汲《く》んで出《だ》しました。すると其男《そのをとこ》は、

『有《あ》り難《がた》う、いやもう、江戸《えど》から此處《こゝ》までは遠《とほ》いことだ』と、云《い》つて長《なが》い旅《たび》の出來《でき》ごとを思《おも》ひ出《だ》しながら、茂右衛門《もゑもん》の掛《か》けてゐる床几《しやうぎ》の一方《ぱう》に腰《こし》をおろしました。

三

茂右衛門《もゑもん》はその旅人《たびびと》が、鞋《わらぢ》を

腰《こし》に二三足《ぞく》も下《さ》げてゐるので、江戸《えど》の兄《あに》のことを思《おも》ひ出《だ》して見《み》て、言葉《ことば》をかけて見《み》たいやうな氣《き》がしてゐる處《ところ》へ、この人《ひと》が江戸《えど》から來《き》たときいて、何《なん》となく懷《なつか》しくなつて來《き》ましたので、

『へえ、あなた樣《さま》は、江戸《えど》からおいでなされたか、それは〳〵』と、兄《あに》の住《す》んでゐる品川邊《しながはへん》のことを、尋《たづ》ねて見《み》ようかとも思《おも》ひました。すると其男《そのをとこ》は、

『お前《まへ》さんは上方《かみがた》だな、ふん成程《なるほど》、大坂《おほさか》から來《き》たと仰《おつしや》るか、して、大阪《おほさか》から此處《こゝ》まで幾里《いくり》ありますかな』と相手《あひて》の返事《へんじ》も待《ま》たずに、氣短《きみじ》かに云《い》ふのでした。茂右衛門《もゑもん》はゆつくりした言葉《ことば》の調子《てうし》で、

『さて、何里《なんり》ありますかなあ』と頸《くび》を傾《かたむ》けました。

『何里《なんり》ありますかなあは驚《おどろ》いた。自分《じぶん》で歩《ある》いて來《き》た道《みち》のりが分《わか》らぬとは、お前《まへ》さんは餘程《よつぽど》のんきなお人《ひと》だ。道理《どうり》で上方者《かみがたもの》か。贅六《ぜいろく》だな、はゝ』と如何《いか》にも人《ひと》を馬鹿《ばか》にしたやうな口調《くてう》で云《い》ひました。

茂右衛門《もゑもん》は

『贅六《ぜいろく》……』と聞《き》きかへすやうに云《い》ひました。

『贅六《ぜいろく》と云《い》つたがお氣《き》に觸《さは》つたか。私《わし》にも贅六《ぜいろく》の弟《おとうと》が一人《ひとり》あるが、お前《まへ》ほどのんき者《もの》でもあるまいよ』と云《い》つたので、茂右衛《もゑ》門《もん》は

『お前《まへ》さまに贅六《ぜいろく》の弟《おとうと》があるなら、私《わし》にも江戸兒《えどつこ》の兄《あに》が一人《ひとり》ある、しかしお前《まへ》さんのやうに、無茶《むちや》苦茶《くちや》なことは申《まを》しません。』と云《い》ひました。

『何《なに》をッ』と云《い》ひざま、其男《そのをとこ》は、飲《の》み掛《か》けの茶碗《ちやわん》のお茶《ちや》を、茂右衛門《もゑもん》の顔《かほ》にチャブリと引《ひ》つかけま

した。茂《も》右《ゑ》衛門《もん》は驚《おどろ》いて、ついと床几《しやうぎ》から離《はな》れますと、その拍子《へうし》に、床几《しやうぎ》の一方《ぱう》が浮《う》いたので、其《その》男《をとこ》は床几《しやうぎ》から轉《ころ》んで、したゝか尻餅《しりもち》をつきました。

二人《ふたり》は暫《しばら》く默《だま》つて睨《にら》み合《あ》つてゐましたが、氣《き》みぢかさうなその男《をとこ》は、

『斯《か》うしてはをられぬ、わしは是《これ》から大坂《おほさか》の弟《おとうと》を訪《たづ》ねて行《い》く處《ところ》だ』と出掛《でか》ける仕度《したく》をしました。茂《も》右《ゑ》衛門《もん》も

『一日《にち》も早《はや》く兄《あに》に逢《あ》ひたいものだ、あゝ馬鹿《ばか》馬鹿しい』とつぶやいて、茂《も》右《ゑ》衛門《もん》は東《ひがし》へ、その男《をとこ》は西《にし》へ立《た》ち別《わか》れました。

四

鞋屋《わらぢや》の藤《とう》八は漸《やうや》く大阪《おほさか》の天滿《てんま》にたどり着《つ》きました。弟《おとうと》の住居《すまゐ》を尋《たづ》ねあてゝ行《い》つて見《み》ると、戸《と》が閉《しま》つてゐました。お隣《となり》できいて見《み》ると、茂《も》右《ゑ》衛門《もん》は江戸《えど》の兄《あに》の處《ところ》に行《い》くと云《い》つて、出《で》て行《い》つたのだと分《わか》りましたので、藤《とう》八は休《やす》みもせず直《す》ぐに江戸《えど》をさして歸《かへ》りかけました。

兄《あに》を尋《たづ》ねて江戸《えど》に上《のぼ》つた茂《も》右《ゑ》衛門《もん》も、兄《あに》の家《うち》に來《き》て見《み》ると留守《るす》になつてゐるので、近所《きんじよ》できいて見《み》ると、弟《おとうと》の内《うち》に行《い》くと云《い》つて大阪《おほさか》に立《た》つたと云《い》ふことなので、さすが氣長《きなが》の茂《も》右《ゑ》衛門《もん》も、直《す》ぐに又《また》、大坂《おほさか》をさして歸《かへ》り掛《か》けました。

藤《とう》八は「御油《ごゆ》の宿《しゆく》」まで來《き》て俄雨《にわかあめ》に逢《あ》ひました。下《くだ》りの時《とき》休《やす》んだ、茶店《ちやみせ》へ寄《よ》つて、休息《きうそく》しながら、此《この》間《あひだ》上方者《かみがたもの》と喧嘩《けんくわ》をしたことなど思《おも》つてゐました。その内《うち》に雨《あめ》は歇《や》んで、雲間《くもま》からは麗《うら》かな日《ひ》がさしました。と其處《そこ》へ、今《いま》藤《とう》八が思出《おもひだ》してゐた喧嘩《けんくわ》の相手《あひて》が、雨《あめ》に濡《ぬ》れた傘《からかさ》を提《さ》げて這入《はい》つて來《き》ました。二人《ふたり》は顔《かほ》を見合《みあは》してお互《たが》ひにふんーと云《い》つたやうな顔付《かほつき》をして、ニコリともしませんでした。

茂《も》右衛門《もん》は、軒端《のきば》に、も一度出《どで》て、ひよいとお日《ひ》さまを仰《あふ》いで見《み》ました。そして持《も》つてゐた傘《からかさ》を擴《ひろ》げて、日《ひ》に乾《かはか》しました。傘《からかさ》には墨黒々《すみくろぐろ》と大《おほ》きな字《じ》で、丸《まる》の中《なか》へ「大坂《おほさか》」と書《か》いた片方《かたはう》に、「傘屋《かさや》茂《も》右《ゑ》衛門《もん》」としてありました。

ぢつとそれを見《み》てゐた藤《とう》八は、びつくりして手《て》から茶碗《ちやわん》を取《と》り落《おと》しました。そして

『茂《も》右《ゑ》衛門《もん》、お前《まへ》は茂《も》右《ゑ》衛門《もん》か。』と藤《とう》八は大《おほ》きな聲《こゑ》で云《い》ひました。茂《も》右《ゑ》衛門《もん》はびつくりしました。又喧嘩《またけんくわ》でも吹《ふ》きかけるのではあるまいかと思《おも》つたからです。

『私《わし》は、お前《まへ》の兄《あに》だ、藤《とう》八だ、江戸《えど》の藤《とう》八だ。』と藤《とう》八は餘《あま》りの嬉《うれ》しさに、せき込《こ》んで云《い》ひました。

茂《も》右《ゑ》衛門《もん》、せき込《こ》んで、

『えゝ、お前《まへ》さんが、あの藤《とう》八兄《にい》さんか』

『おさうだ、さうだ、茂《も》右《ゑ》衛《もん》。よう無事《ぶじ》でゐてくれたの。』

『おゝ、兄《あに》さんか。』と云《い》つて、二人《ふたり》は手《て》を取《と》り合《あ》つて嬉《うれ》し泣《な》きに泣《な》きました。

それから、二人《ふたり》は江戸《えど》へ一緒《しよ》に上《のぼ》つて、兄弟二人《きやうだいふたり》で傘《かさ》と履物店《はきものてん》を出《だ》しましたので、店《みせ》は毎日《まいにち》々々大繁昌《だいはんじやう》をして兄弟仲《きやうだいなか》よく樂《たの》しい月日《つきひ》を送《おく》りました。(をはり)

黒《くろ》姫《ひめ》（つゞき）

齋藤佐次郎

一

黒姫《くろひめ》は、お城《しろ》の外《そと》へ出《で》て見《み》たくて堪《たま》りませんでしたから、蛇《へび》のいふ通《とほ》りになりました。しかし、お城《しろ》の御門《ごもん》の處《ところ》まで來《き》た時《とき》、ふとお母様《かあさま》が仰《おつしや》つたお言葉《ことば》を思出《おもひだ》しました。「女神《めがみ》のおいひつけだから十六歳《さい》のお誕生日《たんじやうび》までは、決《けつ》してお城《しろ》の外《そと》へ出《で》てはいけません」とお母様《かあさま》は何時《いつ》も仰《おつしや》つたのでした。

そこで、黒姫《くろひめ》は蛇《へび》にたづねました。

『蛇《へび》さん、私《わたし》はあのきれいな御殿《ごてん》へ行《い》つたら、きつと眞白《まつしろ》なお姫様《ひめさま》になれますか。』

『えゝ〱、あなたはお月様《つきさま》のやうに、きれいな、きれいな、お姫様《ひめさま》になれますよ。』と蛇《へび》が答《こた》へました。そこで、黒姫《くろひめ》は大《たい》そう安心《あんしん》して、お城《しろ》の御門《ごもん》を出《で》ました。黒姫《くろひめ》がお城《しろ》の外《そと》へ出《で》ると、お城《しろ》の御《ご》門《もん》がひとりでに締《しよ》つてしまひました。そして、突《とつ》然《ぜん》にゴーッと物凄《ものすご》い音《おと》がしました。

黒姫《くろひめ》はびつくりして、お城《しろ》の方《はう》をふり返《かへ》つて見《み》ました。ところが、お城《しろ》はもう無《な》くなつてゐました。たゞ壊《こわ》れた跡《あと》だけが、山《やま》のやうになつて殘《のこ》つてゐました。黒姫《くろひめ》は泣《な》きさうな顏《かほ》をして、お城《しろ》の跡《あと》を眺《なが》めてゐました。すると、蛇《へび》が又言《またい》ひました。

『黒姫《くろひめ》さん、あなたは、未《ま》だそんな處《ところ》で考《かんが》へ込《こ》んでゐるのですか。あんなお城《しろ》はどうなつても、いゝぢやありませんか。それよりか早《はや》くあの樂《たの》しい御殿《ごてん》へ行《ゆ》きませう。』

かういつて、蛇《へび》は黒姫《くろひめ》をいそがせました。

やがて、大《おほ》きな〱御殿《ごてん》の前《まへ》まで來《き》ました。黒姫《くろひめ》が蛇《へび》にさそはれて、樹《き》の上《うへ》から遠《とほ》くの方《はう》に眺《なが》めたのは、この御殿《ごてん》でした。ところが、傍《そば》へ來《き》て見《み》ると、何《なん》といふ變《かは》り方《かた》でせう。あたりは一面《めん》の草原《くさはら》でした。廣《ひろ》い御殿《ごてん》や、高《たか》い塔《たふ》は、幾年《いくねん》にも人《ひと》の入《はひ》つた事《こと》がないと見《み》えて、ひどく荒《あ》れてゐました。

壁《かべ》は落《お》ち、家根《やね》は傾《かたむ》いて、それは〱ひどい、あばら家《や》でした。黒姫《くろひめ》が遠《とほ》くから、きれいな花《はな》のやうに思《おも》つたのは、そこに茫々《ばう〱》と生《は》えてゐる青草《あをくさ》でした。樂《たの》しい音樂《おんがく》の音《ね》のやうに聞《き》こえたのは、野《の》を吹《ふ》く風《かぜ》でした。蛇《へび》は門《もん》の前《まへ》に立《た》つて、ピーッと口《くち》笛《ぶえ》を吹《ふ》きました。すると忽《たちま》ち、黒《くろ》い大《おほ》きな御門《ごもん》の扉《とびら》があいて、中《なか》から大《おほ》きな黒《くろ》い熊《くま》が出《で》て來《き》ました。

『黒姫《くろひめ》さん、ようこそお出《い》でになりました。先程《さきほど》からお待《ま》ち申《まを》して居《を》りました。』

かういつて、熊《くま》がお辭儀《じぎ》をしました。すると小《ちひ》さな熊《くま》が、幾疋《いくひき》も、幾疋《いくひき》も、後《あと》から後《あと》から出《で》て來《き》て、みんな黒姫《くろひめ》の前《まへ》まで來《く》ると、丁寧《ていねい》にお辭儀《じぎ》をしま

した。黒姫《くろひめ》はびつくりして、

『蛇《へび》さん、あなたはこんなおそろしい御殿《ごてん》へ私《わたし》をつれて來《き》たのですか。私《わたし》はこんな處《ところ》にゐるのは、いやです、いやです。』黒姫《くろひめ》は聲《こゑ》を立《た》てゝ泣《な》きながら、逃《に》げようとしました。すると、熊《くま》がわアッとかけ寄《よ》つて、黒姫《くろひめ》をつかまへました。そして、御殿《ごてん》の眞暗《まつくら》な一室《しつ》へ押《お》しこめてしまひました。

二

黒姫《くろひめ》は、眞暗《まつくら》な、寒《さむ》いお部屋《へや》の中《なか》で、何時《いつ》までも、何時《いつ》までも、泣《な》いてゐました。しまひには、涙《なみだ》がつきて、泣《な》く事《こと》も出來《でき》なくなりました。その時《とき》、お月樣《つきさま》の光《ひかり》が、窓《まど》から射込《さしこ》んで來《き》ました。お月樣《つきさま》が黒姫《くろひめ》にいひました。

『黒姫《くろひめ》さん、この窓《まど》から早《はや》くお逃《に》げなさい。』

黒姫《くろひめ》はお月樣《つきさま》のお言葉《ことば》を聞《き》いて、大層《たいそう》よろこびました。そして、直《す》ぐ樣《さま》窓《まど》をとび越《こ》えて、外《そと》へ出《で》ました。外《そと》は草《くさ》ぼう〳〵とした御殿《ごてん》のお庭《には》でした。黒姫《くろひめ》はお庭《には》を通《とほ》つて、逃《に》げましたが、間《ま》もなく、御門《ごもん》の處《ところ》へ出《で》ました。そこで、ありつたけの力《ちから》を出《だ》して、門《もん》の扉《とびら》を押《お》しました。すると、扉《とびら》は物凄《ものすご》い音《おと》を立《た》てゝ開《ひら》きました。この物音《ものおと》をきゝつけて、熊《くま》が、追《お》ひかけて來《き》ました。

黒姫《くろひめ》は、澤山《たくさん》の熊《くま》が集《あつま》つて來《く》るのを見《み》て、ふるへてゐました。その時《とき》、ふと椋鳥《むくどり》のことを思出《おもひだ》しました。助《たす》けてもらふのは、この時《とき》だと思《おも》つて、黒姫《くろひめ》は大聲《おほごゑ》にいひました。

『森《もり》の椋鳥《むくどり》さん、どうぞ私《わたし》を助《たす》けて下《くだ》さいまし。どうぞ、助《たす》けて下《くだ》さいまし。』かういつたかと思《おも》ふと、黒姫《くろひめ》は忽《たちま》ち鳥《とり》になつて、森《もり》の方《はう》へ飛《と》んで行《ゆ》きました。熊《くま》は急《きふ》に黒姫《くろひめ》の姿《すがた》が見《み》えなくなつたので、大騷《おほさわ》ぎをしました。その内《うち》に何處《どこ》かへ行《い》つてしまひました。

そこで、黒姫《くろひめ》はまた元《もと》の姿《すがた》にかへりました。

黒姫《くろひめ》は、蛇《へび》に嘘《うそ》をつかれたのが、悲《かな》しくて、泣《な》き泣《な》き森《もり》の中《なか》を歩《ある》きました。するとその時《とき》、また熊《くま》の近《ちか》づいて來《く》る足音《あしおと》が聞《きこ》えました。黒姫《くろひめ》は足音《あしおと》をきいて、ふるへて居《を》りましたが、今度《こんど》は白《しろ》バラの

事《こと》を思出《おもひだ》しましたから、『白《しろ》バラさん、白《しろ》バラさん、私《わたし》を助《たす》けて下《くだ》さいまし。』と、泣《な》きながらいひました。すると、黒姫《くろひめ》は忽《たちま》ちバラになりました。
熊《くま》たちは、もう一と足《あし》といふ處《ところ》で、黒姫《くろひめ》の姿《すがた》が消《き》えて、たゞ一輪《りん》の白《しろ》バラが咲《さ》いてゐるばかりなので、まごついて居《を》りましたが、あきらめて森《もり》の向《むか》ふへ行《い》つてしまひました。

三

黒姫《くろひめ》は、一生《しやう》けんめいに森《もり》の中《なか》を逃《に》げました。しかし、歩《ある》いても〳〵森《もり》がつきませんでした。その内《うち》に大《おほ》きな洞穴《ほらあな》の前《まへ》へ出《で》ました。そこまで來《き》た時《とき》には、疲《つか》れ切《き》つて、一と歩《あし》も歩《ある》けませんでした。黒《くろ》姫《ひめ》は仕方《しかた》なく地面《ぢめん》に坐《すわ》つて泣《な》いてゐました。すると泣《な》き聲《ごゑ》をきゝつけて、洞穴《ほらあな》の中《なか》から羊《ひつじ》が出《で》て來《き》ました。『そこで泣《な》いてゐるのは、どなたです。』と、羊《ひつじ》がきゝました。黒姫《くろひめ》は羊《ひつじ》のやさしい聲《こゑ》を聞《き》いて、大層《たいそう》安心《あんしん》しました。そこで、『どうぞ今夜《こんや》一と晩《ばん》泊《と》めて下《くだ》さい。』と、頼《たの》みました。

『お安《やす》い事《こと》です。さア〳〵お入《はひ》りなさい。』といつて、羊《ひつじ》は親切《しんせつ》に黒姫《くろひめ》を洞穴《ほらあな》の中《なか》へ入《い》れてくれまし

た。しかし、黒姫《くろひめ》は蛇《へび》に嘘《うそ》をつかれた事《こと》が悲《かな》しいので、まだ泣《な》いてゐました。そこで、羊《ひつじ》が『お姫《ひめ》さま、こわい事《こと》はございません。私《わたし》は少《すこ》しもあなたに悪《わる》い事《こと》をいたしませんから。』と、いひました。けれども、黒姫《くろひめ》は矢張《やつぱ》り泣《な》いてゐました。羊《ひつじ》は不《ふ》思議《しぎ》さうな顔付《かほつき》をして、

『お姫《ひめ》さま、何故《なぜ》あなたは、そんなにお泣《な》きになるのです。』と、再《ふた》び尋《たづ》ねました。羊《ひつじ》があんまり幾《いく》度《ど》もきくものですから、黒姫《くろひめ》はその日《ひ》の出來事《できごと》をすつかり話《はな》しました。

『私《わたし》は蛇《へび》に誘《さそ》はれ、女神《めがみ》のお言葉《ことば》に背《そむ》いて、お城《しろ》の外《そと》へ出《で》ました。ですからその罰《ばつ》として、これから一生《しやう》がい、眞黒《まつくろ》なお姫様《ひめさま》で終《をは》らなければなりません。それが悲《かな》しくつて、悲《かな》しくつて、泣《な》いてゐるのです。』と、黒姫《くろひめ》が話《はな》しました。羊《ひつじ》は氣《き》の毒《どく》でたまらない様《やう》に、目《め》に涙《なみだ》を一ぱいためていひました。

『まア、何《なん》といふお氣《き》の毒《どく》な事《こと》でせう。しかし、あなたばかりではございません。私《わたし》も矢張《やつぱ》り、あなたの様《やう》にあはれな身《み》の上《うへ》です。』自分《じぶん》の事《こと》を話《はなし》して黒姫《くろひめ》を慰《なぐさ》めやうと思《おも》つたのか、今度《こんど》は羊《ひつじ》が自《じ》分《ぶん》のお話《はなし》をしました。羊《ひつじ》はもと、ある立派《りつぱ》な國《くに》の王子《わうじ》であつたのです。王様《わうさま》が大《たい》そうお歳《とし》をとつてゐらしつたので、間《ま》もなく王様《わうさま》の位《くらゐ》につく事《こと》になつてゐました。所《ところ》が、臣下《けらい》の内《うち》に、大《たい》そう悪《わる》い男《をとこ》があつて、王様《わうさま》の位《くらゐ》を自分《じぶん》でとらうと考《かんが》へ、魔法《まはふ》使《つかひ》をたのんで來《き》て、王子《わうじ》に魔法《まはふ》をかけました。それでその王子《わうじ》が、羊《ひつじ》になつてしまつたのでした。

此《こ》のお話《はなし》をきいて、黒姫《くろひめ》は自分《じぶん》の事《こと》はすつかり忘《わす》れ、羊《ひつじ》が可哀《かあい》そうだと言《い》つて、泣《な》きました。羊《ひつじ》は羊《ひつじ》で、自分《じぶん》の事《こと》は忘《わす》れて、黒姫《くろひめ》が可哀《かあい》そうだといつて、泣《な》きました。二人《ふたり》の涙《なみだ》がポタ／＼と地面《ぢめん》へ落《お》ちました。

すると、不思議《ふしぎ》にも、落《お》ちた涙《なみだ》が寶石《ほうせき》のやうに、キラ〱と光《ひか》りました。光《ひかり》は次第《しだい》に増《ま》して來《き》て洞《ほら》穴《あな》の中《なか》が、隅《すみ》から隅《すみ》まで輝《かゞや》きました。そして、洞《ほら》穴《あな》の中《なか》の様子《やうす》がすつかり變《かは》つてしまひました。今《いま》まで汚《きたな》い所《ところ》だとばかり思《おも》つてゐたのに、其處《そこ》は立派《りつぱ》な、立《りつ》派《ぱ》な御殿《ごてん》のお部屋《へや》であつたのです。天井《てんじやう》も、壁《かべ》も、何《ど》處《こ》から何處《どこ》まで、ダイヤモンドで出來《でき》てゐました。黒《くろ》姫《ひめ》と羊《ひつじ》は、びつくりしてお互《たが》ひに顔《かほ》を見合《みあは》せました。

すると、また何《なん》といふ不思議《ふしぎ》な事《こと》でせう。黒姫《くろひめ》は白《しろ》い、白《しろ》い、乳《ちゝ》のやうに眞白《まつしろ》い、きれいなお姫様《ひめさま》になつて、立《た》つてゐました。そして羊《ひつじ》は立派《りつぱ》な、立派《りつぱ》な王子《わうじ》になつて、立《た》つてゐました。

何處《どこ》からか、森《もり》の女神《めがみ》の歌《うた》ふ聲《こゑ》が聞《きこ》えました。

黒姫《くろひめ》さん、あなたの優《やさ》しい涙《なみだ》で、あなたの罪《つみ》は
ゆるされました、
羊《ひつじ》さん、あなたの優《やさ》しい
涙《なみだ》であなたの魔法《まほふ》は解《と》かれ
ました、
王子《わうじ》と王女《わうぢよ》さん、お二人《ふたり》
は樂《たの》しく〱暮《くら》しなさい、

歌《うた》の聲《こゑ》は、次第《しだい》に近《ちか》づいて來《き》ました。そして、遂《つひ》に二人《ふたり》の傍《そば》まで來《き》ました。森《もり》の女神《めがみ》たちは、二人《ふたり》を取圍《とりかこ》んで、この歌《うた》をうたひ續《つゞ》けました。この時《とき》から、黒姫《くろひめ》と羊《ひつじ》の王子《わうじ》とは、一生《しやう》がい變《かは》らない仲《なか》のよいお友達《ともだち》になつて樂《たの》しく〱暮《くら》しました。（なはり）

さァさァ學校《がくかう》へ
いそぎませう

若山牧水

百舌《もず》がきい〳〵、
雀《すゞめ》がちう〳〵、

向《むか》ふの樹《きい》もこつちの樹《きい》も
みんな風《かアぜ》でさアわさわ

さア〳〵學校《がくかう》へ急《いそ》ぎませう。

幼年詩

虹《にじ》（賞）

福岡縣戸畑尋常高等小學校
第六學年　竹内萬壽雄

虹《にイじ》が出《で》たよ
青《あアを》いのに赤《あアか》いの
あの上《うへ》通《とほ》つて見《み》いたいな
どこまでつづく
山《やま》から里《さと》へ
まあ〳〵ほんとに美《うつく》しい
通《とほ》つて見《み》いたいな
虹《にイじ》よ虹《にじ》よ
あら消《き》えちやつた

星《ほし》（賞）

山梨縣西上九一色尋常小學校
第五學年　土橋千

キラ、キラ、キラ、キラ
小《ちひ》さい星《ほし》よ。
お前《まへ》は何《なん》だか
知《し》らないが、
そんなに高《たか》く
空《そら》の中《なか》に、
よく落《お》ちないで
光《ひか》つてるな、
私《わたし》はほんとに
不思議《ふしぎ》に思《おも》ふ
太陽《たいやう》がはいつて、
草《くさ》が夜露《よつゆ》に
ぬれた時《とき》、
お前《まへ》は小《ちひ》さい
光《ひかり》を見《み》せる。
キラキラキラキラと
夜《よ》もすがら
もしも私《わたし》に
羽根《はね》があつて、
お前《まへ》の所《ところ》へ
行《ゆ》けたならば、と
私《わたし》は時々《ときどき》
考《かんが》へる。
一たいお前《まへ》は
何《なん》だらう。
天人《てんにん》の
瞳《ひとみ》の樣《やう》でもあり
金剛石《ダイヤモンド》の樣《やう》でもある
キラ、キラ、キラ、
小《ちひ》さい星《ほし》よ。

ポスト

福岡縣戸畑尋常高等小學校
第六學年　山本淸

ポースト　ポスト
雨《あアめ》にぬれて
口《くウち》をあけて
何《なアに》が欲《ほ》しい
赤《あアか》いべべに
赤《あアか》いしやつぽ
ポースト　ポスト
朝《あアさ》も晩《ばん》も
ただ立《た》ちどほし
さぞやあんよがだるからう

からす

福島縣東郡石井小學校
第六學年　松田良隆

夜《よ》あけのからす
一聲《こゑ》なけば

お星様《ほしさま》が消《き》える。
二聲目《ふたこゑめ》には
お日様《ひさま》がキラ〳〵。
ご飯《はん》がすんで登校《とうかう》の時《とき》に
一本杉《ほんすぎ》のからすを見《み》たら
顔《かほ》も洗《あら》はずにぼんやりと
今朝《けさ》のやうにないてゐた。

夢《ゆめ》

福岡縣戸畑尋常高等小學校
第六學年　大尾勝好

空《そら》がくもつた
雨《あめ》がふるぞ
大雨小雨《おほあめこあめ》
道《みち》ですべつて
ころんで目《め》がさめた

秋《あき》の雲《くも》

東京市芝區愛宕下町一丁目
野村金次郎

よく晴《は》れた秋《あき》の日曜《にちよう》、
明日《あす》のさらへをすうまして
いつもの土手《どて》へやつて來《き》た。
草《くさ》をまくらにゴロリンと
あふむけ樣《さま》にねころんで、
空行《そらい》く雲《くも》をながめてる。
走《はし》るよ走《はし》るよ秋《あき》の雲《くも》
飛行機《ひかうき》よりも早《はや》かろか、
雲《くも》は一體《たい》何《な》んのために
あんなにいそいで走《はし》るのか、
西《にし》の森《もり》へと日《ひ》は入《い》つた、
鳥《とり》が三羽《ば》四羽《は》飛《と》び出《だ》した。

おいなりさん

三重縣四日市西新地森方
井上ハジメ

おいなりさん。
赤《あか》い鳥居《とりゐ》。
一つくぐつて。
いないいないばあ。

青桐《あをぎり》

宮城縣佐沼町小金町六番地
渡邊康雄

桐《きり》よ桐《きり》よ青桐《あをぎり》よ
なぜにそんなに背《せ》が高《たか》い
それより肥《こ》えて背《せ》が低《ひく》く
風《かぜ》が吹《ふ》いても動《うご》かずに
雨《あめ》がふつてもゆるがずに
ぢつとこらへる桐《きり》になれ、
桐《きり》よ、桐《きり》よ、青桐《あをぎり》よ
手《て》のひらのよな青《あを》い葉《は》に
なぜにそんなに穴《あな》があく
蟲《むし》にくはれたためなのか
お前《まへ》のその背《せ》が低《ひく》いなら
私《わたし》がこの手《て》でぬうてやろ。

童謡

なつめの坊主《ばうず》

東京　山田邦臣

風《かぜ》が吹《ふ》くのか
木《き》の實《み》が光《ひか》る、
金《きん》の小《こ》坊主《ばうず》
銀《ぎん》の小《こ》坊主《ばうず》
靑《あを》い棗《なつめ》が熟《つ》れてきた。

郵便脚夫《いうびんきやくふ》

東京　倉田賢二

いつもにこにこ、爺《ぢい》さんの
郵便脚夫《いうびんきやくふ》は夕《ゆふ》やけの
向《むか》ふの坂《さか》を飛《と》んでゆく
小《ちひ》ちやく小《ちひ》ちやく飛《と》んでゆく
歡《よろこ》びを
戸毎《こごと》に撒《ま》いて飛《と》んでゆく。

きりぎりす

東京　山田貞治

靑《あを》いいろの眞《ま》ッ裸《はだか》、
長《なが》いお髯《ひげ》を垂《た》らして。
金《きん》のラツパ、銀《ぎん》の笛《ふえ》。
きりきりきりきり
吹《ふ》いてゐるきりぎりす。

時計《とけい》

仙臺　鈴木碧

ちんちん
たえまのない時計《とけい》
山《やま》に黃《きい》ろい月《つき》が出《で》て
黑《くろ》い小人《こびと》がぞろぞろそろひ
だまつて段々町《だんだんまち》に來《く》る
夜《よる》が來《く》る
ちんちん
たえまのない時計《とけい》
海《うみ》にまつかい日《ひ》がのぼり
赤《あか》い小馬《こうま》がぱかぱかつづき
夢中《むちゆう》にかけて町《まち》に來《く》る
朝《あさ》が來《く》る

山《やま》みち

東京　伊藤葩流子

こゝは山路《やまみち》白《しろ》い路《みち》
白《しろ》いお馬車《ばしや》でがたがたがた
屋根《やね》に止《とま》つたはだあれ
白《しろ》い山鳩《やまばと》がククク
路《みち》の小石《こいし》のかたはらに
まつかいお花《はな》がちよんとさいた
森《もり》が出《で》た出《で》た大《おほ》きい森《もり》が
森《もり》のかげには白《しろ》い家《いへ》
白《しろ》い家《いへ》からけむりがのぼる
あすこに森《もり》の小母《をば》さんが
早《はや》くおいでと呼《よ》んでゐる。

綴方

ぽちと子犬（賞）

朝鮮大邱公立尋常高等小學校五年生
三島千里

家にはぽちといふ黒いめすの犬がゐる。くびの所に白い毛があるだけで、あとは眞黒だから、はじめの内は熊といつてゐたが、僕がぽちとかへてやつたのである。

ぽちははじめからやせてゐて、他の犬とけんくわをするとぢきまけて「きやん〳〵。」となくので、僕は友達から馬鹿にされてゐる。それで僕はどうかして强くしてやらうと、牛肉が残るとそれをくれてやる。九月二十一日頃からちゝの所がふくれてきた。子供が生れるのだらうと思つたから、それからは尙のこと、ごはんをたくさんやつたり、じゆくしをやつたりして、樂しみにして待つてゐた。

十日程たつと、ぽちはかはいゝ子供を八匹生んだ。黒いのが六匹でたいしやが二匹、おすが三匹、めすが五匹ゐる。どれもまだ目があつてゐなかつた。たゞおや犬のちゝに吸ひついて、「うゝうゝ、」とうなるばかりであつた。僕等がちつとでもさはると、「きやん〳〵。」となく。

この頃はもう目もあいて、小屋の中をあるきまはつて運動する。もう齒も生えて、ごはんを食べるやうになつた。學校からかへるとお母さんからおくわしなどをいたゞいて、ぽちや子犬にやるのが、この頃の一番たのしみである。

ひよつこ（賞）

福島縣東白川郡石井小學校六年
松田良隆

鷄に卵を抱へさせてから、一日二日と母は毎日數へてゐた。二十一日目に母の言ふ通り可愛い、ひなが十一羽生れた。灰色のや黄色の、頭が白く脊の黒いの、それは皆毛色が違つてゐた。親鳥がココ………となくと、ピヨ〳〵と危い足取りでかけ寄る、それがたまらなく可愛かつた。夕方になるときめられた巣に戻つてきて、十一羽のひなを腹にかかへてねむる。或る夜一匹のひながが親鳥からはなれてゐたので、そうつと腹の下へ入れてやらうとしたら、親鳥が僕にとびかかつた。たしか、ひなを僕に取られるのかと思つたのかも知れない。夜中ねむらずに居るんだらうか、こうして幾日かが過ぎた。ひなも鳩ほどになつたので柵の外へ出した。

もう大喜びで田甫の方へとんでゆく。暫らくすると、ピピ………、コケイ／＼／＼と云ふけたたましい鳴き聲がしたので急いで行つて見た。「良ちやん、ひながイタチに取られたんだよ」と馬草刈りしてゐた正ちやんが言ふ。あゝ、しまつたと思つたが仕方がない。メス二羽取られたんだ、母も僕もがつかりした。明日はよくかんとくしてゐやうと思つたが、遊びにまぎれてゐたため、やつぱりメス二羽取られてしまつた。

それから柵の外へ出さなかつた。殘りの七羽のひなが鳥屋に買はれて行つたのは、三日目の夕方であつた

「お祭り」　信州　白川光雄君作

私の大好きな先生

小石川西丸町二八聖學院一年生　皿田生江

私共の學校の先生は皆御優しい、よい先生ばかりです。其の内取り分け私は印東先生と云ふ英語の女の先生が大好きです。今年英學塾を御卒業なさつた、まだ御若い先生です。女の兄弟の無い私は印東先生の樣な御姉さまが欲う御座います。此の間上級の方へ「私あんな姉さんなら十人あつてもいゝわ」と云つて笑はれました。私の級は英語が六時間あつて二時間は西洋人の先生で、四時間は印

「寫生」岸野尋常小學校某君作

東先生です。私は印東先生の英語の時間が一番たのしみです。私はいつも〱此のよい世界で一番大好きな、印東先生に、大好きな英語を敎りながら、卒業することが出來る樣に神樣に祈ります。私も大きくなつたら、印東先生の樣な先生にならうと思ひます、ほんとに印東先生はよい先生です。

蠅取り蜘蛛

愛知縣八丁高等小學校一年生十四
松下光雄

ブーンとうなりながらとんできた蠅が敷居の上へとまつた。と、前からよい得物がないかとまつて居た蠅取り蜘蛛は、しばらくは手や口を動かして居たが、何か決心したと見えて、段々と蠅の方へ〱と近づいていつた。刻一刻とはへの運命は風前の燈火同樣である。はやくも二三寸前まで近づいて、はたとゝまつた蜘蛛は又前の樣に何か考へてゐるやうであつたが、突然蠅を目がけて飛びかゝつたそ。して蠅をくわえて巣の方へ行つた。

□佳作 △お姉樣の御手紙(朝鮮水津藤野)△本泳の思出(朝鮮有馬辰二)△おばあさんの病氣(朝鮮釜瀬虎雄)△トミチヤン(仙臺高橋きくよ)△秋の夜(山梨土橋千)

「森」（信濃上伊那郡宮田小學校尋二男　白川光雄君作）

通信

□私も今度本誌の愛讀者になりました。いつしやうけんめいに綴方や繪を投書します。島崎藤村先生の御子さんの雞二君は僕の友達ですから、本誌は私にとつて何となくしたはしく思はれます。（東京　今村重雄）

□島崎先生や有島先生の御監修は何よりも喜ばしく思ひます。兄さんや姉さんもさうおつしやいました。私たちは有島先生の「葡萄園」や、島崎先生の「幼き者に」を愛讀いたしました。（東京　高岡米三）

□「金の船」に御のせの野口雨情さまの童謠は面白うございます雨情さまは只今どちらにお住ひでせうか。他の雜誌にも雨情さまのお作が見えますが鈴虫の鈴を一番面白いと思ひます。殊に音譜がありますから大層よろしうございます。（愛讀者の母より）

野口先生の御住所は水戸市銀杏町對紅館方です。（記者）

□「金の船」の創刊號を拜讀致しました。岡本先生のさし繪は一揃を通じて同じ筆なので本が高尚に見えます。若山先生の「秋のとんぼ」は涼しい童謠です。「泥棒と犬の子」は意味深いものでした。「小猿の話」は小學校の生徒によろしい。「ジヤツクと豆の蔓」の樣な記事も必要です。「馬鹿七」は滑稽です。自由畫は贊成です。子供の心情の發露は字句より

書にありますから。（東京　伊藤蕗滴子）

□金の船といふよい雑誌が出ました。子供のためにうれしく思ひます。一讀して得た感想なり希望なりを、申し上げて見ます

よいと感じた所

1、活字の組方に變化あること。2、挿繪の子供らしくてはつきりとして居ること。3、文章の清新な點。4、時々可笑味のある繪と文とを挿んだこと。

これはどうだらうと思つた所

1、子供にとつて少し難しすぎはせぬかと思ふ漢字や、語句の交つて居ること。2、漢語に直譯的の假名を附けてあるのは寧ろ假名で書いた方がよくはありませんか。例へば突然（ひよつくり）喫驚（びつくり）大切（だいじ）これは大事と書くべきでせう）服裝（なり）

希望する所

1、文章の清新な所は大變嬉しく御座います。尙子供の純な感情を陶冶するに一律に流れないお話と書き方とをして下さい。2、子供らしい繪畫にみちてゐるのは、たしかに本誌特色の一つです。二十頁、六十三頁に出してある樣なものを絕やさぬやう。3、募集された子供の文章や大人の童話などはあまり多く掲げないで、活字も小さくして下さい。4、曲譜を募集して下さいませんか。金の船が内容形式ともに整理され發展して行くのを心から祈ります。（福岡縣　トム生）

「景色」信濃上伊那郡宮田小學校尋一男　橋倉貞一君作

□童謠佳作　人形の繪（京都河合超風）トマト畑（大阪小野綠星）芋の葉（東京村松道彌）ぼろ草鞋（靜岡萩野賀一）お山の小僧（北海道佐藤貢龍）お猿（名古屋岡田善美）電車ごつこ（東京岡田常壽）天の川（兵庫西島精香）（記者より）

□幼年詩佳作　秋（東京皿田生江）金の鈴（兵庫山下末子）地藏様（東京長崎玄雄）お山の坊主（熊本土方榮一）秋の日（大阪牛島ミツ子）（記者）

子供《こども》の自由畫《じゆうぐわ》を募《つの》る

山本鼎

子供諸君《こどもしよくん》――こんど、この雜誌《ざつし》で君《きみ》たちの畫《ゑ》をいたゞいて、僕《ぼく》が、みんなの畫《ゑ》のうちから、選《えら》むだのを、毎月《まいげつ》四つぐらゐ此處《こゝ》に、寫眞《しやしん》の版《はん》にして出《だ》すことになりました。

自由畫《じゆうぐわ》、といふのは、お手本《てほん》や、雜誌《ざつし》の畫《ゑ》なんかを見《み》て描《か》いたものでない畫《ゑ》のことです。君《きみ》たちが、かつてに描《か》いた畫《ゑ》のことです。ですから、君《きみ》たちは、お手本《てほん》や、雜誌《ざつし》の畫《ゑ》なんかをみて描《か》かずに花《はな》なり、景色《けしき》なり、動物《どうぶつ》なり、お母《かあ》さんのお顔《かほ》なり、なんでも、君《きみ》たちの好《す》きなものを、かつてに描《か》いてごらんなさい。

お手本《てほん》を見《み》て描《か》いたり、雜誌《ざつし》の畫《ゑ》なんかみて描《か》いたものは、みんな落第《らくだい》ですよ。

それから、あんまり、うすく、ぼんやりかいてある畫《ゑ》は、たいそういゝ畫《ゑ》でも寫眞《しやしん》の版《はん》になりませぬから、及第《きふだい》しても雜誌《ざつし》へは出《だ》されません。そのかはり、そんないゝ畫《ゑ》は僕《ぼく》が戴《いたゞ》いて、だいじに、しまつておきます。

□十二月には、島崎先生も有島先生も書いて下さる事が出來ませんでした。島崎先生は東京朝日新聞掲載の小說がまだ終らなかつた爲に、有島先生は二科會などの御用でお忙しかつた爲に。併し兩先生とも新年號には必ずお執筆になります。(記者)

□讀者諸君から、いろ〳〵の御助言を賜つた事を深く感謝します。一々揭げたいのですが、紙面に餘裕がないため省略しました。こゝに篤く御禮を申上げて置きます。(記者)

□今度少年少女諸君から募集する「童謠」を「幼年詩」と改めました。「童謠」といふ言葉にとらはれて、大人のまねをした、子供らしくない詩が多く集つて來るからです。もし、少年少女諸君が此のまゝ「童謠」といふ一つの型にとらはれて詩を作る樣であつたら、とんでもない事になると思ひます。少年少女諸君の童謠は、あくまでも子供らしい、純な心持を歌つたものでなければなりません。そこで「童謠」を「幼年詩」と改めました。(記者)

□創刊號以來每號本誌の爲に面白い童話を發表して下さる沖野岩三郎氏の童話集『熊野詣り』が出ました。親孝行な鈴丸と云ふ可憐な少年の話を初めとして十五六種の童話を納めてありますが、全篇を通じて眞面目な中にも可笑味あり可笑味の中にも淚のこぼれるやうな、幾度讀んでも興趣のつきぬ作ばかりです。是れまで童話集は數へ切れないくらゐ出てをりますが、未だ曾て氏の如くほんとうに子供を理解してゐる作家に依つて書かれたものは見たことがありません。氏は基督敎の牧師です。この作物の中に流れてゐる純な感情は畢竟氏の人格の反影です。クリスマスの贈物としも好適なものだと思ひます。(定價壹圓・發行所　京橋尾張町　警醒社)

□少年《せうねん》少女《せうぢよ》の創作《そうさく》募集《ぼしふ》

（原稿は東京市本郷區根津宮永町廿九番地齋藤佐次郎方「金の船」編輯所へ送つて下さい）

自由畫《じゆうぐわ》　山《やま》本《もと》鼎先《せん》生《せい》選《せん》

自由畫《じゆうぐわ》のことは、山本鼎先生《やまもとかなゑせんせい》が、前頁《ぜんページ》に書《か》いて下《くだ》すつたから、ごらん下《くだ》さい。

綴《つゞり》方《かた》　編《へん》輯《しふ》局《きよく》選《せん》

綴方《つゞりかた》は、みなさんが、見《み》たこと、思《おも》つたことを、ふだん遣《つか》つてゐる言葉《ことば》で書《か》いて下《くだ》さい。

幼年詩《えうねんし》　若《わか》山《やま》牧《ぼく》水《する》先《せん》生《せい》選《せん》

幼年詩《えうねんし》は山《やま》なり森《もり》なり花《はな》なりを見《み》て、感《かん》じたことを、みなさんの好《す》きなやうに、詩《し》にして下《くだ》さい。

□自由畫《じゆうぐわ》はなるべく、半紙《はんし》位《くらゐ》の畫用紙《ぐわようし》に畫《か》いて下《くだ》さい。

□綴方《つゞりかた》、童謠《どうえふ》は用紙《ようし》も字數《じすう》も、みなさんの自由《じゆう》です。

□住所《ぢうしよ》、姓名《せいめい》、年齢《ねんれい》などは落《おと》さないやうに、學校《がくかう》へ行《い》つてゐる方《かた》は學校名《がくかうめい》と學級《がくきふ》を、ちやんと書《か》いて下《くだ》さい。

□人《ひと》のものを眞似《まね》たり雜誌《ざつし》や讀本《とくほん》や綴方《つゞりかた》の手本《てほん》など見《み》て書《か》いたのはいけません。

□よく出來《でき》たのは、雜誌《ざつし》にのせます、中《なか》でも優《すぐ》れたのには賞品《しやうひん》をさしあげます。

□定價一冊貳拾錢　送料壹錢
□三ヶ月分三冊（送料共）六拾錢
□半年分六冊（送料共）壹圓貳拾錢
□壹ヶ年分十二冊（送料共）貳圓三拾錢

振替口座東京參〇五七貳番

廣告料は御照會次第お答へいたします

（送金の注意）

▽御注文は必ず前金で御拂込み下さい
▽送金は小爲替でも切手代用でも宜敷う御座います
▽切手代用は（壹錢切手）一割増に願ひます
▽御注文の場合は第何卷第何號よりと云ふことを明瞭に書いて下さい
▽住所姓名は丁寧に分りよく御書きください

大正八年十一月四日印刷納本（毎月一回）
大正八年十二月一日發行（一日發行）

編輯人　東京市本郷區根津宮永町二十九番地　齋藤佐次郎
發行人　東京市京橋區弓町二十五番地　横山壽篤
印刷人　東京市京橋區弓町二十五番地　高橋郁
印刷所　東京市京橋區弓町二十五番地　三協印刷株式會社

東京市麴町區飯田町六丁目二十五番地
發行所　キンノツノ社

令和元年復刻版 金の星社

大正八年十月十六日（第三種郵便物認可）
大正八年十一月廿日印刷納本　大正八年十二月一日發行（毎月一回一日發行）

清新《せいしん》の香味《かうみ》最《もつと》もなつかしき

ライオン煉《ねり》歯《は》磨《みがき》

（チューブ入）

●やさしい香氣《にほひ》
●やはらかな歯《は》ざはり
●すぐれた效果《きゝめ》
●美《うつく》しい容器《いれもの》
●使用《しよう》簡便《かんべん》

お子様方《こさまがた》の御使《おつか》ひ料《れう》に最《もつと》も適《てき》してをります。

（定價貳拾錢）

創《さう》刊《かん》號《がう》

「金《きん》の船《ふね》」第一巻第一號

女《め》神《がみ》

お日《ひ》様《さま》が、やうやく東《ひがし》の空《そら》に現《あら》はれたころ、王妃《おきさき》の寐《ね》てゐらつしやるお部屋《へや》へ、まぶしい程《ほど》立派《りつぱ》なお姿《すがた》をした女神《めがみ》が、入《はい》つてお出《い》でになりました。王妃《おきさき》がびつくりしてゐらつしやると、女神《めがみ》はニコ／＼笑《わら》ひながら

「なさけ深《ぶか》い王妃様《おきさきさま》。あなたの様《やう》に心《こゝろ》の美《うつ》しい方《かた》はありません。私《わたし》は必《かなら》ずあなたを仕合《しあは》せな人《ひと》にして上《あ》げます。」と、仰《おつしや》いました。（二十二頁、「黒姫」より）

鈴《すゞ》虫《むし》の鈴《すゞ》

（「金の船」曲譜その一）

作曲　北村季晴
作歌　野口雨情

（子　供）
鈴《すゞ》虫《むし》、鈴《すゞ》虫《むし》　チンチロリン
鈴《すうず》何處《こ》から　持《も》つて來《き》た

（鈴　虫）
母《かゝ》さんお嫁《よめ》に　來《く》るときに
番頭《はんと》に負《しよ》はせて　持《も》つて來《き》た

（子　供）
鈴《すゞ》虫《むし》、鈴《すゞ》虫《むし》　チンチロリン
鈴《すうず》ちよつくら　貸《か》して見《み》ろ

（鈴　虫）
貸《か》したら返《かへ》さぬ　あーかんべ
番《は》頭に負《しよ》はせて　やつちやつた